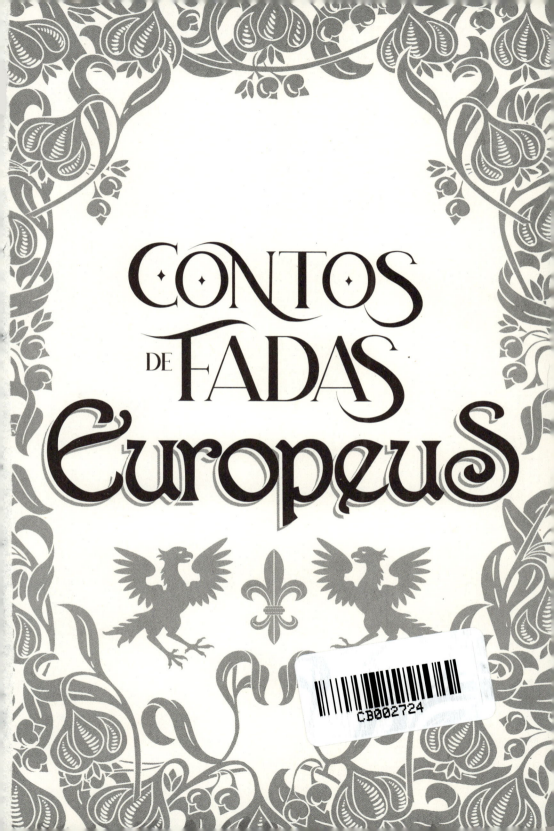

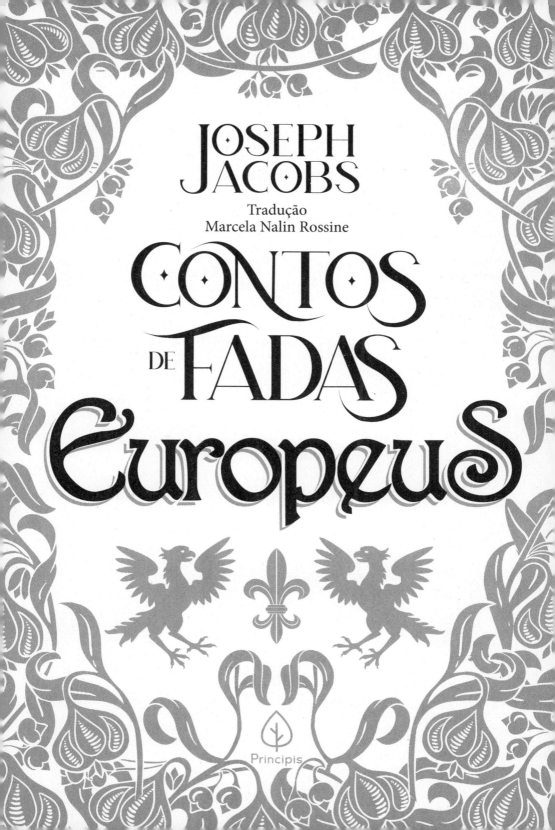

Esta é uma publicação Principis, selo exclusivo da Ciranda Cultural
© 2021 Ciranda Cultural Editora e Distribuidora Ltda.

Traduzido do original em inglês
Europe fairy tales

Produção editorial
Ciranda Cultural

Texto
Joseph Jacobs

Diagramação
Linea Editora

Tradução
Marcela Nalin Rossine

Design de capa
Ciranda Cultural

Preparação
Mirtes Ugeda Coscodai

Imagens
artform/Shutterstock.com;
KateVogel/Shutterstock.com

Revisão
Catrina do Carmo

Dados Internacionais de Catalogação na Publicação (CIP) de acordo com ISBD

J17c	Jacobs, Joseph
	Contos de fadas europeus / Joseph Jacobs ; traduzido por Marcela Nalin Rossine. – Jandira, SP : Principis, 2021. 128 p. ; 15,5cm x 22,6cm. - (Clássicos da literatura mundial)
	Tradução de: Europe fairy tales ISBN: 978-65-5552-399-7
	1. Literatura inglesa. 2. Contos. I. Rossine, Marcela Nalin. II. Título. III. Série.
	CDD 823.91
2021-1106	CDU 821.111-3

Elaborado por Odilio Hilario Moreira Junior - CRB-8/9949

Índice para catálogo sistemático:
1. Literatura inglesa: Contos 823.91
2. Literatura inglesa: Contos 821.111-3

1ª edição em 2021
www.cirandacultural.com.br
Todos os direitos reservados.
Nenhuma parte desta publicação pode ser reproduzida, arquivada em sistema de busca ou transmitida por qualquer meio, seja ele eletrônico, fotocópia, gravação ou outros, sem prévia autorização do detentor dos direitos, e não pode circular encadernada ou encapada de maneira distinta daquela em que foi publicada, ou sem que as mesmas condições sejam impostas aos compradores subsequentes.

Sumário

Nada é para sempre...7

O Rei dos Peixes 12

A tesoura...19

A Bela e a Fera..21

Reynard e Bruin...26

A Água Dançante, a Maçã Cantante e o Pássaro Falante ...32

A linguagem dos animais 41

Os três soldados 45

Uma dúzia de uma só tacada 50

O conde de Cattenborough.....................................56

Donzelas-cisne..62

Androcles e o leão..67

Sonhando acordado 69

Mantenha a calma 73

O ladrão-mestre...78

O marido invisível..84

A donzela-mestre 91

O visitante do Paraíso 102

De volta à prisão 106

João, o Fiel 110

João e Maria 117

A jovem astuciosa.. 123

Nada é para sempre

Era uma vez, o homem mais preguiçoso do mundo inteiro. Ele não tirava a roupa antes de ir para a cama porque não queria ter o trabalho de colocá-la de novo ao amanhecer. Não levava a xícara até a boca, só se inclinava e sugava o chá sem segurá-la. Não praticava esportes porque, dizia ele, ficava todo suado e se recusava a fazer qualquer trabalho braçal pela mesma razão. Mas, por fim, percebeu que não teria o que comer a menos que fizesse algum esforço para isso. Então, arranjou trabalho em uma fazenda para a colheita da próxima safra. Mas, durante esse tempo, ele comeu demais e trabalhou de menos e, quando chegou o outono e foi até seu amo para receber seu dinheiro, tudo o que conseguiu foi uma única ervilha.

– O que significa isso? – perguntou ele.

– Ora, é o que lhe devo pelo trabalho – respondeu o fazendeiro. – Você comeu muito e tem de pagar pela comida.

– Não quero ouvir mais nada! – reclamou o homem. – Quero a ervilha. Seja como for, trabalhei por ela.

Depois de pegar a ervilha, o preguiçoso caminhou até uma hospedaria na beira da estrada.

– Pode me dar abrigo esta noite, para mim e para minha ervilha? – perguntou ele à senhoria.

– Bem, não! – respondeu ela. – Não tenho leito disponível, mas posso cuidar da ervilha para você.

Dito e feito. A ervilha ficou sob os cuidados da senhoria, e ele foi se deitar em um celeiro perto dali.

A senhoria colocou a ervilha em cima de uma cômoda e a deixou lá, mas uma galinha que perambulava por ali avistou a ervilha, pulou na cômoda e a comeu. Então, quando o homem apareceu no dia seguinte e lhe pediu a ervilha, a senhoria não conseguiu encontrá-la.

– A galinha deve ter engolido a ervilha – disse a senhoria.

– Bem, quero minha ervilha – disse o homem. – É melhor me dar a galinha, então.

– Ora, o quê... quando... como? – perguntou a senhoria. – A galinha vale milhares de ervilhas.

– Não me interessa. Minha ervilha está dentro dela, e a única maneira de reaver minha ervilha é estando com a galinha.

– Quê? Dar minha galinha para você por causa de uma única ervilha? É um absurdo!

– Bem, se não me der a galinha, vou notificar as autoridades.

– Ah, deixa estar, leve a galinha e meus votos de má sorte com ela.

Então, o homem se foi e ficou passeando o dia todo, até que, naquela noite, chegou a outra hospedaria e perguntou ao senhorio se ele e a galinha poderiam passar a noite lá.

– Não, não. Não temos lugar para você, mas podemos colocar a galinha no estábulo se quiser – respondeu o senhorio.

– Sim – concordou o preguiçoso, depois saiu para passar a noite em outro lugar.

Mas havia uma porca selvagem no estábulo e, durante a noite, ela comeu a pobrezinha da galinha.

CONTOS DE FADAS EUROPEUS

– Por favor, quero minha galinha – pediu o preguiçoso na manhã seguinte.

– Sinto muito, senhor, mas minha porca a comeu – explicou o senhorio.

– Então, quero a porca.

– Quê? Uma porca em troca da galinha? É um absurdo! Vá embora, meu amigo!

– Está bem, se não me der a porca, vou levar você à justiça.

– Ah, deixa estar, pegue a porca e leve minha maldição com ela – concluiu o senhorio.

O preguiçoso pegou a porca e seguiu ao longo da estrada até chegar à outra hospedaria.

– Tem um quarto para mim e para minha porca? – perguntou ele à senhoria.

– Não tenho – respondeu ela –, mas posso acomodar a porca.

A senhoria colocou a porca no estábulo, e o homem foi passar a noite no celeiro. Mas a porca ficou perambulando pelo estábulo e, ao chegar muito perto dos cascos da égua, foi atingida na cabeça por um coice e morreu. Então, quando o homem voltou pela manhã e pediu a porca, a senhoria disse:

– Sinto muito, senhor, mas aconteceu um acidente. Minha égua acertou a porca na cabeça, e ela morreu.

– Quê? A égua? – perguntou ele.

– Não, a porca.

– Então, quero a égua.

– Quê? Minha égua por sua porca? Que absurdo!

– Bem, se não me der a égua, vou levar a senhora à justiça. Vai ver se isso é um absurdo mesmo.

Então, depois de um tempo, a senhoria concordou em dar a égua para o homem em troca da porca morta.

O homem seguiu nos passos da égua até chegar a outra hospedaria e perguntou ao senhorio se poderia alojá-lo aquela noite, ele e a égua.

– Todos os leitos estão ocupados, mas pode colocar a égua no estábulo se quiser – respondeu o senhorio.

– Muito bem! – disse ele, depois foi amarrar o cabresto da égua na argola do estábulo.

Bem cedo, na manhã seguinte, a filha do senhorio disse:

– Pai, a égua está morrendo de sede. Vou levar a pobrezinha até o rio.

– Isso não é da sua conta – disse o pai. – Deixe que o homem faça isso.

– Ah, mas a coitadinha não bebeu nada até agora. Daqui a pouco eu volto com ela.

Então, ela levou a égua até a beira do rio e a deixou beber água, mas, por trágico acaso, a égua escorregou e caiu na correnteza que era tão forte a ponto de arrastá-la. A menina correu de volta para casa e disse à mãe:

– A égua caiu no rio e foi arrastada para longe. O que vamos fazer, mãe? O que vamos fazer?

Naquela mesma manhã, o preguiçoso apareceu.

– Por favor, quero minha égua – pediu ele ao senhorio, o pai da menina.

– Sinto muito, senhor, mas minha filha, aquela ali, queria dar de beber à coitadinha da égua e foi com ela até o rio. A égua caiu e foi levada pela correnteza. Sinto muito mesmo!

– Essa conversa não vai compensar minha perda – disse o preguiçoso. – O mínimo que pode fazer é me dar sua filha.

– Quê? Dar minha filha para você por causa da égua?

– Bem, se não me der a menina, vou notificar as autoridades.

Mas o senhorio não queria ter problemas com a justiça. Então, depois de muita discussão, concordou em deixar a filha seguir com ele. Os dois caminharam e caminharam e caminharam até que, finalmente, chegaram a outra hospedaria, que era zelada pela tia da menina, porém o homem não sabia daquilo.

– Tem leitos para mim e minha menina aqui? – perguntou o preguiçoso ao entrar.

A senhoria olhou para a menina, que não disse nada.

– Bem, não tenho leito para você, mas tenho para ela. Só que talvez ela fuja – respondeu a senhoria.

– Ah, dou um jeito nisso.

O homem pegou um saco, colocou a menina dentro, amarrou-o e foi embora.

– O que aconteceu, minha querida? – perguntou a tia à menina assim que a tirou do saco.

A menina lhe contou toda a história. Então, a tia pegou um cão enorme e o colocou no saco.

– Onde está minha menina? – perguntou o homem na manhã seguinte.

– Aqui está ela, até onde eu sei.

Ele pegou o saco, colocou-o no ombro e seguiu caminho por um tempo. Mais tarde, quando o sol estava bem alto no céu, ele se sentou à sombra de uma árvore para falar com a menina. Ao abrir o saco, o enorme cão voou para cima dele e o derrubou para trás. Foi a última vez que ouvi falar daquele preguiçoso.

O Rei dos Peixes

Era uma vez um pescador muito pobre, que se sentia ainda mais pobre por não ter filhos. Mas um dia, enquanto pescava, caiu em sua rede o peixe mais esplêndido que já vira, com escamas douradas e os olhos brilhantes como diamantes. Bem na hora em que o pescador ia tirá-lo da rede, o que você acha que aconteceu? O peixe abriu a boca e disse:

– Sou o Rei dos Peixes. Se me jogar de volta na água, nunca mais lhe faltará um pescado.

O pescador ficou tão surpreso que o deixou escorregar para a água, e o peixe bateu a longa cauda e mergulhou sob as ondas. Ao voltar para casa, o pescador contou tudo à mulher.

– Que pena, tenho tanta vontade de comer um peixe desses – disse ela.

Bem, no dia seguinte, o homem foi pescar de novo e, como era de se esperar, pegou o mesmo peixe pela segunda vez.

– Sou o Rei dos Peixes. Se me deixar partir, suas redes sempre estarão cheias.

O pescador, então, soltou-o novamente e, ao voltar para casa, contou à mulher o que tinha feito.

CONTOS DE FADAS EUROPEUS

– Eu disse que queria aquele peixe e, mesmo assim, você o soltou. Claro que não me ama! – disse ela, chorando e se lamentando.

O pescador ficou muito envergonhado e prometeu que se pescasse o Rei dos Peixes de novo, ele o traria para casa e a mulher poderia cozinhá-lo. Então, no dia seguinte, foi ao mesmo lugar e pegou o mesmo peixe pela terceira vez. Mas, quando o Rei dos Peixes implorou pela liberdade, o pescador lhe contou sobre o que a mulher tinha dito e sobre a promessa que fizera a ela.

– Bem – disse o Rei dos Peixes –, se tem que me matar, vá em frente, mas como me soltou duas vezes, farei um favor por você. Quando sua mulher me fatiar, jogue algumas das minhas espinhas embaixo da égua, algumas espinhas embaixo da cadela e enterre o restante sob a roseira no jardim. Depois, aguarde e verá.

Então, o pescador levou o Rei dos Peixes para casa e o entregou à mulher, a quem contou o que o peixe tinha dito. Então, depois que ela o fatiou, eles jogaram algumas espinhas embaixo da égua, algumas embaixo da cadela e enterraram o restante sob a roseira no jardim.

Passado um tempo, a mulher do pescador deu à luz lindos gêmeos, batizados de George e Albert, cada um nasceu com a marca de uma estrela na testa, abaixo dos cabelos. A égua trouxe ao mundo dois belos potros, e a cadela, dois cãezinhos. Sob a roseira cresceram dois arbustos, cada um dava apenas uma rosa por ano, mas como eram esplêndidas! Assim, passou-se o verão e passou-se o inverno, e o mais curioso de tudo era que, quando George adoecia, uma das rosas começava a murchar e, se Albert ficava doente, a mesma coisa acontecia com a outra rosa.

Quando George e Albert já eram moços, ouviram dizer que um dragão de sete cabeças estava devastando o reino vizinho, e que o rei prometera a mão da filha a qualquer um que libertasse a terra daquele suplício. Os dois queriam combater o dragão, mas, por fim, os gêmeos decidiram que George iria e Albert ficaria em casa cuidando do pai e da mãe, que já

13

estavam velhinhos. Então, George pegou seu cavalo e seu cão e cavalgou para onde o dragão fora visto pela última vez. Ao chegar em Middlegard, a capital do reino, foi com o cavalo e o cão até a hospedaria principal da cidade e perguntou à senhoria por que tudo parecia tão triste e as casas estavam revestidas com tecido preto.

– Não soube, senhor, que o Dragão de Sete Cabeças devora uma donzela pura todos os meses? – perguntou a senhoria. – E agora, exige que a própria princesa lhe seja entregue hoje. É por isso que a cidade está revestida de preto, e estamos todos tão tristes.

Ao saber disso, George pegou o cavalo e o cão e cavalgou até onde a princesa estava desprotegida à espera do Dragão de Sete Cabeças.

– Por que veio, senhor? Logo o Dragão de Sete Cabeças, ao qual ninguém consegue resistir, estará aqui para me reivindicar. Fuja antes que seja tarde – disse a princesa ao ver George com o cavalo, a espada e o cão.

– Princesa, os valentes só provam o gosto da morte uma vez, mas, de bom grado, tentarei salvá-la do dragão – respondeu George.

Enquanto conversavam, um rugido tenebroso rasgou o ar, e o Dragão de Sete Cabeças veio em direção à princesa.

– Sabes lutar? – vociferou o dragão ao ver George.

– Se eu não souber, posso aprender – respondeu o rapaz.

– Aprenderás comigo então – disse o dragão.

George e o dragão travaram uma enorme batalha. Toda vez que o dragão avançava em George, o cão se arremessava contra uma de suas patas e, assim que o dragão virava uma das cabeças para atacar o cão, George disparava com o cavalo para aquela direção e decepava tal cabeça com a espada. Dessa forma, finalmente, ele arrancou todas as sete cabeças do dragão e salvou a princesa. Em seguida, abriu a boca de cada uma das cabeças, cortou as línguas, embrulhou-as com o lenço que a princesa lhe dera e guardou-as no bolso, perto do coração. Mas George ficou tão exausto por causa da luta, que se deitou com a cabeça no colo da princesa e adormeceu. Enquanto ela afagava os cabelos dele, conseguiu ver a marca de uma estrela em sua testa.

CONTOS DE FADAS EUROPEUS

Enquanto isso, o marechal do rei, que se casaria com a princesa caso matasse o dragão, assistia à luta de longe e, ao ver que o dragão estava morto e que George dormia após a batalha, aproximou-se devagarinho por detrás da princesa.

– Ponha a cabeça dele no chão, senão te matarei – disse o marechal com a adaga em punho.

Depois que a princesa lhe obedeceu e que ele já havia juntado e amarrado as sete cabeças do dragão na correia do chicote, o marechal ordenou que ela se levantasse e o acompanhasse. A princesa teria acordado George, mas o marechal ameaçou matá-la se ela o fizesse.

– Se não posso me casar contigo, ele também não se casará – disse ele.

Então, o marechal a fez jurar que concordaria que ele próprio havia matado o Dragão de Sete Cabeças. Quando a princesa e o marechal chegaram perto da cidade, o rei, os cortesãos e todo o povo foram recebê-los com grande alegria.

– Quem te salvou? – perguntou o rei à filha.

– Este homem – respondeu ela.

– Então, deverás casar-se com ele.

– Não, pai, ainda não tenho idade para me casar. Dê-me pelo menos um ano e um dia antes de realizar o casamento – disse a princesa, na esperança de que George a salvasse do perverso marechal.

O próprio rei, por todo o amor que tinha pela filha, por fim cedeu e prometeu que ela não se casaria antes que decorresse um ano e um dia daquela data.

Ao acordar e se deparar com o cadáver do dragão sem as cabeças e perceber que a princesa não estava mais lá, George não sabia muito bem o que pensar, mas achou que ela não quisesse se casar com o filho de um pescador. Por isso, montou no cavalo e saiu em busca de novas aventuras pelo mundo junto com o fiel cão de caça, e não retornou para aquela região, até que um ano se passou e ele, então, cavalgou de volta para Middlegard e apeou na mesma hospedaria onde havia parado antes.

Joseph Jacobs

– O que há agora, senhora? – perguntou George. – Da última vez que estive aqui a cidade estava de luto, mas agora tudo está animado e alegre. Trombetas soando, rapazes e moças dançando em volta das árvores e as casas têm bandeiras e estandartes esvoaçando nas janelas. O que está acontecendo?

– Não soube, senhor, que nossa princesa se casará amanhã? – perguntou a anfitriã.

– Ora, da última vez, a princesa seria devorada pelo Dragão de Sete Cabeças – disse ele.

– Mas o dragão foi morto pelo marechal do rei, que se casará com ela amanhã como recompensa por tanta bravura, e todos que quiserem podem participar do banquete nupcial no castelo real esta noite.

Naquela noite, George foi até o castelo e tomou um lugar à mesa, não muito longe de onde o rei estava sentado com a princesa de um lado e o marechal do outro. Depois do banquete, o rei pediu que o marechal contasse mais uma vez como havia trucidado o Dragão de Sete Cabeças. Então, ele contou a longa história sobre como cortou as sete cabeças do dragão e, no final, ordenou que seu escudeiro as trouxesse em uma bandeja. George se levantou e se dirigiu ao rei.

– Por favor, meu senhor, diga-me como é que não há línguas nas bocas do dragão? – perguntou George.

– Eu não sei. Vamos dar uma olhada e averiguar – respondeu o rei.

As mandíbulas das sete cabeças do dragão foram abertas, e eis que não havia mesmo línguas nelas.

– O que tem a dizer a respeito disso? – perguntou o rei ao marechal.

Mas o marechal não tinha nada a declarar. Então, a princesa levantou o olhar e viu seu herói de novo. George tirou do gibão as sete línguas do dragão e provou que elas se encaixavam.

– O que significa isso, senhor? – perguntou-lhe o rei.

George contou a história sobre como havia matado o dragão, e disse que adormecera no colo da princesa depois da batalha, mas que, ao acordar, descobriu que ela havia partido. A princesa, quando o pai lhe perguntou, não pôde deixar de confirmar a traição do marechal.

– Levem-no! – ordenou o rei. – Que sua cabeça seja decepada e sua língua arrancada, e que seu lugar seja tomado por este jovem estranho.

George e a princesa se casaram e viveram felizes, até que uma noite, olhando pela janela do castelo onde viviam, ele avistou ao longe outro castelo com janelas iluminadas, reluzentes como fogo. Então, perguntou à princesa, agora sua esposa, de quem era aquele castelo.

– Não chegue perto daquele lugar, George – respondeu a princesa. – Pelo que sempre ouvi dizer, quem entra naquele castelo nunca consegue sair.

Na manhã seguinte, George saiu com o cavalo e o cão de caça à procura do castelo. Quando chegou lá perto, avistou no portão uma velha com apenas um olho e pediu que ela o deixasse entrar. A velha concordou, mas disse que havia uma tradição no castelo: qualquer um que quisesse entrar deveria tomar uma taça de vinho antes. Ela lhe ofereceu um cálice cheio da bebida, e, assim que George tomou o vinho, ele, o cavalo e o cão foram transformados em pedras.

No exato momento em que George se transformou em pedra, Albert, que não tivera notícias dele até então, viu a rosa do irmão se fechar e ficar da cor de mármore. Logo, Albert soube que algo havia acontecido com George e partiu com seu cavalo e seu cão para descobrir o destino do irmão. Ele cavalgou sem parar até chegar a Middlegard e, assim que se aproximou do portão do castelo, o guarda lhe disse:

– Alteza, a princesa está muito preocupada com o senhor. Ela ficará feliz em saber que voltou a salvo.

Albert não disse nada, apenas seguiu o guarda até os aposentos da princesa, que correu até ele e o abraçou.

– Oh, George, estou tão feliz por ter voltado a salvo! – disse a princesa.

– Por que eu não voltaria? – perguntou Albert.

– Temi que tivesse ido até aquele castelo com janelas flamejantes, de onde ninguém jamais volta vivo.

Joseph Jacobs

Assim, Albert descobriu o que havia acontecido com George e logo arrumou uma desculpa para sair novamente e procurar o castelo que a princesa havia apontado pela janela. Ao chegar lá, encontrou a mesma velha sentada perto do portão e lhe pediu para entrar e conhecer o castelo. Ela repetiu que ninguém entrava lá, a menos que tomasse uma taça de vinho, e ofereceu-lhe um cálice cheio da bebida. Albert estava prestes a beber quando o fiel cão deu um pulo, derramou o vinho e começou a lambê-lo, mas assim que tomou um pouco do líquido, o corpo do cão se transformou em mármore, bem ao lado de outra pedra que era exatamente igual a ele. Albert entendeu o que havia acontecido e, ao apear do cavalo, sacou a espada e ameaçou matar a velha bruxa se ela não livrasse seu irmão daquele feitiço. Tremendo de medo, a velha sussurrou algumas palavras na direção das quatro pedras em frente ao castelo e rapidamente George, o cavalo e os dois cães de caça, o dele e o de Albert, retornaram à vida.

Depois disso, George e Albert cavalgaram de volta até o castelo para reencontrar a princesa que, ao ver os dois tão iguaizinhos, não sabia dizer quem era quem. Então, ela se lembrou da marca que o marido tinha na testa, foi até Albert, repartiu os cabelos dele e viu a estrela lá.

– Este é meu George! – exclamou ela.

Mas George afastou os próprios cabelos, e ela viu uma marca de estrela na testa dele também. Por fim, Albert lhe contou tudo o que havia acontecido, e ela reconheceu o próprio marido. Logo após a morte do rei, George assumiu o trono, e Albert se casou com uma das princesas do reino vizinho.

A tesoura

Era uma vez, embora não fosse na minha época, nem na sua, nem na época de qualquer outra pessoa que esteja por aqui, um sapateiro chamado Tom e sua mulher, Joan. Eles viviam felizes juntos, embora tudo o que Tom fazia, Joan fazia o oposto, e tudo o que Joan pensava, Tom pensava totalmente o contrário. Quando Tom queria carne bovina para o jantar, Joan preferia suína, e se Joan queria frango, Tom preferia pato. Era assim, o tempo todo.

Aconteceu que, um dia, Joan estava limpando a cozinha e, ao se virar de repente, esbarrou em dois ou três caldeirões e panelas de barro e quebrou todos eles. Tom, que trabalhava no cômodo da frente, ouviu o barulho e foi até lá.

– O que aconteceu? O que está fazendo? – perguntou ele.

Mas como Joan estava com a tesoura na mão, em vez de contar a verdade, disse:

– Cortei estes caldeirões e estas panelas em pedacinhos com a tesoura.

– Como assim? – perguntou Tom. – Cortar cerâmica com uma tesoura! Isso é impossível!

– Pois lhe digo que fiz sim, com minha tesoura!

– Não fez, é impossível.

– Eu fiz.

– Não fez, é impossível.

– Eu fiz.

– Impossível.

– Fiz.

– Impossível.

– Fiz.

– Impossível.

– Fiz.

Por fim, Tom ficou com tanta raiva que agarrou Joan pelos ombros e a empurrou para fora da casa.

– Se não me contar como quebrou os caldeirões e as panelas, vou jogá-la no rio – disse ele.

– Foi com a tesoura – continuou afirmando Joan.

Tom ficou tão enfurecido que acabou levando a mulher até a margem do rio.

– Agora, vai me dizer a verdade. Pela última vez, como foi que quebrou os caldeirões e as panelas? – perguntou ele.

– Com a tesoura.

Logo depois, ele a jogou no rio, e Joan afundou uma vez, e afundou duas vezes, e pouco antes de afundar pela terceira vez, levantou a mão no ar, para fora da água, e fez um movimento com o dedo indicador e o médio, imitando a tesoura. Assim, Tom percebeu que não adiantava tentar persuadi-la a fazer nada além do que ela queria. Então, correu rio acima e encontrou um vizinho que lhe perguntou:

– Tom, Tom, por que está correndo?

– Oh, estou procurando Joan. Ela caiu no rio bem na frente de casa e receio que vá se afogar.

– Mas – disse o vizinho – você está indo contra a correnteza.

– Bem – disse Tom –, Joan sempre foi do contra.

Ele nunca a encontrou a tempo de salvá-la.

A Bela e a Fera

Era uma vez um comerciante que tinha três filhas e as amava mais do que a si mesmo. Aconteceu que, um dia, ele teve de fazer uma longa viagem para comprar mercadoria e, quando estava de saída, perguntou-lhes:

– O que devo trazer para vocês, minhas queridas?

A filha mais velha lhe pediu um colar e a do meio queria uma corrente de ouro, mas a caçula disse:

– Quero que o senhor tenha uma ótima viagem, papai, e que volte bem!

– Bobagem, filha. Deve pedir alguma coisa para que eu traga para você.

– Então, quero uma rosa, pai.

Bem, o comerciante seguiu viagem, comprou um tanto de mercadorias e depois um colar de pérolas para a filha mais velha e uma corrente de ouro para a do meio, mas sabia que não adiantaria comprar uma rosa para a caçula estando tão longe, pois a flor murcharia antes que pudesse entregá-la. Sendo assim, decidiu que compraria a rosa para ela no dia em que estivesse bem próximo de casa.

Ao terminar suas negociações, o comerciante começou a jornada de volta e se esqueceu completamente da rosa, até que já estava quase em casa.

Quando, de repente, lembrou-se do que havia prometido para a caçula, começou a olhar em volta tentando encontrar uma rosa. Perto de onde havia parado, avistou um grande jardim, apeou do cavalo e perambulou pelos arredores até achar uma encantadora roseira, então, apanhou a mais linda das rosas que viu ali. Naquele momento, ouviu um estrondo como o de um trovão e, ao olhar em volta, deparou-se com um enorme monstro, com duas presas e olhos incandescentes contornados por cerdas ásperas e chifres que saiam da cabeça e se alastravam até as costas.

– Mortal – disse a Fera –, quem disse que poderias pegar minhas rosas?

– Por favor, senhor – disse o comerciante aterrorizado, temendo pela própria vida. – Prometi à minha filha caçula que levaria uma rosa quando voltasse para casa e só me lembrei disso agora. Então, vi este lindo jardim e achei que uma única rosa não lhe faria falta, senão teria pedido sua permissão.

– Roubo é roubo – disse a Fera –, seja uma rosa, seja um diamante. Pagarás com tua vida.

O comerciante caiu de joelhos e implorou pela própria vida, pelo bem das três filhas, que não tinham mais ninguém além dele para ampará-las.

– Muito bem, mortal – disse a Fera. – Concedo-te tua vida com uma condição: daqui a sete dias, deverás trazer essa tua filha caçula, pelo amor de quem invadiste meu jardim, e deixá-la aqui em teu lugar. Do contrário, jura que retornarás e devotarás tua vida a mim.

O comerciante jurou, depois pegou a rosa, montou no cavalo e voltou para casa.

Assim que entrou em casa, as filhas correram ao seu encontro, saudando-o calorosamente e demostrando alegria de todas as maneiras. Logo depois, ele deu o colar para a filha mais velha, a corrente para a do meio e, por último, deu a rosa para a caçula, soltando um longo suspiro.

As três filhas agradeceram alegremente, entre abraços calorosos.

– Mas por que o senhor deu esse suspiro tão profundo ao me entregar a rosa? – perguntou a caçula.

– Depois conto para você – respondeu o comerciante.

Eles passaram vários dias felizes juntos, embora o comerciante parecesse distante, abatido e tristonho, e nada que as filhas fizessem conseguia animá-lo, até que ele finalmente chamou a caçula para conversar.

– Bela, você ama seu pai? – perguntou ele.

– Claro, pai, claro que sim!

– Bem, agora terá uma chance de demonstrar esse amor.

O pai lhe contou tudo o que conversara com a Fera depois de ter colhido a rosa para ela. Bela ficou muito triste, como você pode muito bem imaginar.

– Oh, pai, por minha causa está nas mãos daquela Fera, então vou até lá com o senhor. Talvez a Fera não me faça mal, mas mesmo que isso aconteça, melhor que faça mal a mim do que maltrate meu querido pai – disse Bela.

No dia seguinte, o comerciante ajudou Bela a montar na garupa do cavalo, como era costume na época, e eles partiram para encontrar a Fera. Assim que chegaram e apearam do cavalo, viram as portas da casa se abrirem, e o que você acha que viram lá? Nada. Então, entraram, subiram os degraus, atravessaram o saguão e chegaram à sala de jantar, e lá havia uma mesa posta com muito luxo e várias taças, pratos e louça, toalha de mesa e guardanapos, além de muita comida. Os dois esperaram por um bom tempo pensando que o dono da casa apareceria, até que, por fim, o comerciante disse:

– Vamos nos sentar e ver o que acontece.

Ao se sentarem, mãos invisíveis lhes serviram comida e bebida, e eles se deliciaram com tudo aquilo até ficarem satisfeitos. Quando se levantaram, a mesa saiu flutuando porta afora como se estivesse sendo carregada por criados invisíveis.

De repente, a Fera surgiu diante deles e perguntou ao comerciante:

– Esta é tua filha caçula?

– Sim – respondeu o pai.

– Ela está disposta a ficar aqui comigo? – perguntou a Fera, olhando para Bela.

– Sim, senhor – respondeu Bela, com a voz trêmula.

– Bem, não sofrerás nenhum mal.

Então, a Fera acompanhou o comerciante até o cavalo e lhe disse que poderia voltar sempre naquele mesmo dia da semana para visitar a filha. Depois, voltou até Bela.

– Esta casa e todas as coisas nela são tuas. Se desejares algo, bate palmas, diz o que queres e, seja o que for, terás – disse a Fera, depois fez uma espécie de reverência e se foi.

Bela passou a morar na casa com a Fera, era servida por criados invisíveis e tinha o que queria para comer e beber, mas logo se cansou da solidão. Alguns dias depois, quando a Fera, embora parecesse assustadora, foi passar um tempo com ela, tratou-a tão bem, que Bela acabou perdendo grande parte do pavor que sentia. Eles conversaram sobre o jardim, a casa, os negócios do pai dela e muitos outros assuntos, até que Bela, finalmente, perdeu todo o medo que sentia da Fera. Pouco depois, o pai foi visitá-la e, vendo que ela estava muito feliz, ficou menos apavorado ao pensar no destino da filha nas mãos daquela Fera. Assim se passaram os dias, os dois se viam e se falavam diariamente, até que Bela começou a gostar de verdade da Fera. Mas um dia a Fera não apareceu no horário de sempre, logo após o almoço, e Bela sentiu muito sua falta. Ela percorreu o jardim, chamando pela Fera e tentando encontrá-la, mas não teve nenhuma resposta. Por fim, Bela chegou à roseira da qual o pai havia arrancado a rosa e, ali embaixo, o que você acha que ela viu? Lá estava a Fera, encolhida, inerte, sem vida. Bela ficou muito triste e, ao se lembrar da ternura com que a Fera lhe tratara, caiu de joelhos ao seu lado.

– Oh, Fera, Fera, por que morreu? Eu amava tanto você! – disse Bela.

CONTOS DE FADAS EUROPEUS

Assim que confessou seu amor, a grossa pele da Fera se partiu em pedaços e dali surgiu o mais belo e jovem príncipe, que lhe contou que fora enfeitiçado por um mago e não recuperaria a forma natural, a menos que uma donzela, por livre e espontânea vontade, declarasse amor por ele.

Em seguida, o príncipe mandou buscar o comerciante e as outras filhas, casou-se com Bela e todos viveram juntos e felizes para sempre.

Reynard e Bruin

Você deve saber que, há muito tempo, Reynard, a raposa, e Bruin, o urso, uniram-se e decidiram morar juntos. Gostaria de saber por quê? Bem, Reynard sabia que Bruin tinha uma colmeia cheia de favos de mel e era isso o que ele queria, mas Bruin mantinha o mel sob vigilância tão constante que o mestre Reynard não sabia como se livrar do urso e se apossar do mel.

– Parceiro, tenho de ir e batizar… quero dizer, ser padrinho, sabe… do filho de um velho amigo – disse Reynard.

– Ora, claro! – disse Bruin.

Então, Reynard partiu para a floresta e, depois de algum tempo, voltou às escondidas, abriu a colmeia e fez um banquete com o mel. Em seguida, encontrou-se com Bruin, que lhe perguntou qual nome deram à criança. Reynard havia se esquecido completamente do batizado e só conseguiu dizer:

– Comecinho.

– Que nome esquisito – disse o mestre Bruin.

Pouco tempo depois, Reynard pensou em se banquetear com o mel de novo. Então, disse a Bruin que precisava ir a outro batizado e partiu. Ao voltar, Bruin lhe perguntou qual era o nome dado à criança.

– Metadinha – disse Reynard.

Na terceira vez, a mesma coisa aconteceu e, naquela ocasião, o nome que Reynard deu à criança que não existia foi "Tudinho"... Você pode imaginar por quê? Um tempo depois, o mestre Bruin quis comer um pouco do mel e convidou Reynard para o banquete. Quando pegaram a colmeia, Bruin ficou muito surpreso ao ver que não havia mais mel nela.

– "Comecinho, Metadinha, Tudinho"... então é isso. Você comeu todo meu mel! – exclamou Bruin.

– Ora, não – disse Reynard. – Como poderia ter sido eu? Nunca saí do seu lado, exceto quando fui aos batizados e, sendo assim, estava bem longe daqui. Você mesmo deve ter comido o mel, talvez enquanto estivesse dormindo. De qualquer forma, podemos comprovar isso fácil, fácil. Vamos nos deitar aqui, debaixo do sol e, se qualquer um de nós tiver comido o mel, o calor logo vai nos fazer transpirar tudo.

Dito e feito, os dois se deitaram lado a lado sob o sol. Logo, o mestre Bruin começou a cochilar, e o senhor Reynard pegou um pouco de mel da colmeia, lambuzou o focinho dele e o acordou.

– Veja, tem mel escorrendo do seu focinho. Deve ter comido enquanto dormia – disse Reynard.

Algum tempo depois, Reynard viu um homem conduzindo uma carroça cheia de peixes e ficou com água na boca. Então, correu e correu e correu até que conseguiu uma boa vantagem à frente dele, depois, deitou-se na estrada e ficou bem quietinho, fazendo-se de morto.

– Ora, essa raposa vermelha pode ser uma linda estola de presente para minha mulher, Ann – disse o homem ao se aproximar e ver Reynard morto, pelo menos, pensava que estava morto.

Ele desceu, pegou Reynard, jogou-o na carroça junto com os peixes e seguiu caminho. Reynard começou a jogar os peixes para fora até que não sobrasse mais nenhum e depois saltou da carroça sem que o homem percebesse. Ao chegar à porta de casa, o homem chamou:

– Ann, Ann, veja o que trouxe para você!

A mulher foi até a porta e olhou para dentro da carroça.

– Ora, não tem nada aí – disse ela.

Enquanto isso, Reynard levou todos os peixes e começou a comer, foi quando Bruin apareceu e pediu um pouquinho.

– Não, não – disse Reynard –, só dividimos a comida quando dividimos o trabalho. Eu pesquei estes aqui, vá lá e pesque alguns para você.

– Ora, como foi que conseguiu pescar? A água está congelada – disse Bruin.

– Vou mostrar para você – disse Reynard. Depois, levou-o até a margem do rio e apontou para um buraco no gelo. – Coloquei meu rabo lá, e os peixes estavam com tanta fome que foi até difícil puxar tantos deles para fora da água. Por que não faz isso também?

Então, Bruin colocou o rabo lá e esperou por um bom tempo, mas nenhum peixe apareceu.

– Paciência, amigo – disse Reynard. – Assim que um peixe vier, os outros virão atrás.

– Ah, senti uma fisgada – disse Bruin, enquanto a água congelava em volta de seu rabo e o prendia no gelo.

– É melhor esperar até que dois ou três peixes fisguem seu rabo, assim poderá pegar vários de uma vez. Agora, vou voltar e terminar meu lanche.

Então, o mestre Reynard caminhou até a mulher do homem dos peixes.

– Senhora, tem um urso negro enorme com o rabo preso no gelo. Pode fazer o que quiser com ele – disse a raposa.

A mulher chamou o marido, e eles pegaram dois galhos grandes, desceram até o rio e começaram a golpear Bruin, que, àquela altura, já estava bem pregado no gelo. Ele puxou e puxou e puxou, até que, por fim, conseguiu se soltar, deixando três quartos do rabo grudado lá; por isso os ursos têm rabos tão curtos hoje em dia.

Enquanto isso, o mestre Reynard estava fazendo farra na casa do homem, devorando tudo o que encontrava pela frente, até que o marido e a mulher voltaram e o flagraram com o nariz enfiado no jarro de leite. Assim que os ouviu entrar, Reynard tentou fugir, mas não antes que o homem agarrasse o jarro e arremessasse nele, acertando-o no rabo; por isso as raposas têm a ponta do rabo branquinha como leite hoje em dia.

Bem, Reynard voltou rastejando e encontrou Bruin muito machucado, e o urso logo começou a resmungar e se queixar de que havia perdido o rabo por culpa dele. Então, Reynard apontou para o próprio rabo e disse:

– Ora, isso não é nada. Veja meu rabo. Eles me atingiram com tanta força na cabeça que meu cérebro foi parar lá embaixo. Puxa, não me sinto nada bem. Pode me carregar até minha caminha?

Então, Bruin, que tinha bom coração, colocou-o nas costas e foi para casa cambaleando. Enquanto caminhava, Reynard cantava:

– O ferido carrega o ileso, o ferido carrega o ileso.

– O que é que você está dizendo? – perguntou Bruin.

– Oh, estou sem meu cérebro, não falo coisa com coisa – respondeu Reynard, mas continuou cantando: – O ferido carrega o ileso. Ah! Ah! Ah! O ferido carrega o ileso.

Então, Bruin percebeu o que Reynard tinha feito e o jogou no chão, e o teria devorado, mas a raposa escapuliu e correu para o meio de um arbusto de roseira-brava. Bruin foi no encalço de Reynard até o arbusto e conseguiu abocanhá-lo pela pata traseira.

– Isso mesmo, seu tolo, morda a raiz da roseira, morda a raiz da roseira – gritou Reynard.

Bruin, pensando que estava mordendo a raiz da roseira, largou a pata de Reynard e abocanhou a raiz mais próxima.

– Ai, agora me pegou, não me machuque muito – gritava Reynard enquanto fugia. – Não me machuque muito, não me machuque muito.

Quando Bruin ouviu a voz dele se afastando, bem ao longe, percebeu o que Reynard tinha feito, de novo. Esse foi o fim da parceria dos dois.

Algum tempo depois, um homem arava o campo com dois bois que estavam muito preguiçosos aquele dia.

– Andem logo ou vou dar vocês ao urso! – esbravejou o homem.

Como os bois não apertaram o passo, o homem tentou assustá-los.

– Urso, urso, venha e pegue estes bois preguiçosos! – gritou o homem.

Já era de se esperar que Bruin o ouviria.

– Aqui estou. Quero os bois, ou então vai pagar caro por isso – disse ele ao sair da mata.

– Sim, sim, claro, são seus. Só me deixe terminar o serviço desta manhã, por favor, assim posso arar este acre inteiro – disse o homem em meio ao desespero.

Bruin não podia negar o pedido, então, sentou-se e esperou pelos bois, lambendo os beiços. O homem continuou arando, pensando no que faria, quando Reynard surgiu no cantinho do campo e se aproximou dele.

– Se me der dois gansos, ajudo-o a sair dessa enrascada e ainda entrego--lhe o urso de bandeja – disse Reynard.

O homem concordou, Reynard lhe disse o que fazer e voltou para a floresta. Logo depois, eles ouviram um barulho parecido com fortes latidos *au-au, au-au*.

– O que é isso? – perguntou o urso ao se aproximar do homem.

– Ah, devem ser os cães do meu amo, caçando ursos.

– Nossa, precisa me ajudar a me esconder – disse Bruin, o urso. – Deixo você ficar com os bois.

– O que é essa coisa preta que tem aí? – gritou Reynard da floresta.

– Diga que é um toco de árvore – disse o urso.

Então, quando o homem disse aquilo à raposa, ela gritou de volta:

– Coloque-o na carroça, prenda-o com a corrente, corte os galhos e finque o machado no toco.

– Finja fazer o que ele manda. Jogue-me na carroça, prenda-me com a corrente, finja cortar os galhos e finque o machado no toco – disse o urso ao homem.

Assim, o homem colocou Bruin na carroça, prendeu-o com a corrente, cortou os braços e pernas e, por fim, enterrou o machado na cabeça dele.

Depois, Reynard foi até lá reclamar a recompensa, e o homem foi para casa buscar os dois gansos que havia lhe prometido.

– Mulher, mulher – gritou o homem ao se aproximar da casa –, pegue um par de gansos. Prometi que os daria à raposa que me livrou do urso.

– Posso fazer melhor – disse a mulher, Ann, e lhe entregou um saco com dois animais se debatendo dentro dele. – Dê isso ao mestre Reynard. É mais do que ele merece.

Então, o homem pegou o saco, voltou até o campo e o entregou para Reynard. Mas ao abri-lo, saltaram dali dois cães de caça, e Reynard penou para fugir deles até sua toca.

Lá, a raposa perguntou a cada parte do corpo como tinham o ajudado na fuga.

– Senti o cheiro dos cães – respondeu o nariz.

– Procuramos o caminho mais curto – disseram os olhos.

– Ouvimos a respiração dos cães – disseram os ouvidos.

– Nós o ajudamos a correr – responderam as pernas.

Então, Reynard perguntou ao rabo o que ele tinha feito.

– Ora, só de não ter sido abocanhado nos arbustos, nem ter feito suas pernas tropeçarem, já fiz grande coisa.

Como punição, a raposa colocou o rabo para fora da toca. Os cães o viram e o agarraram, arrastaram a raposa e a devoraram inteirinha. Esse foi o fim do mestre Reynard, e ele bem que mereceu. Você não acha?

A Água Dançante, a Maçã Cantante e o Pássaro Falante

Era uma vez um colhedor de hortaliças com três filhas que ganhavam a vida como tecelãs. Um dia o pai morreu, e elas ficaram sozinhas no mundo. Naquela época, o rei tinha o hábito de sair pelas ruas à noite e ouvir atrás das portas para saber o que as pessoas falavam dele. Certa noite, ele foi à porta da casa onde as três irmãs moravam e escutou-as conversando.

– Se eu fosse a esposa do mordomo real, daria de beber a todos na corte com apenas um copo de água e ainda sobraria um pouco – disse a mais velha.

– Se eu fosse a esposa do encarregado do guarda-roupa real, com apenas uma peça de roupa, vestiria todos os criados e ainda sobraria um pouco de tecido – disse a irmã do meio.

– Fosse eu à esposa do rei, daria à luz dois filhos, um menino com a marca de um sol na testa e uma menina com a marca de uma lua – disse a caçula.

O rei voltou ao palácio e, na manhã seguinte, mandou chamar as irmãs.

– Não tenham medo e me contem o que conversaram na noite passada – disse o rei.

A mais velha repetiu o que havia falado, então o rei mandou que trouxessem um copo de água e ordenou que ela comprovasse estar certa. Ela pegou o copo, deu de beber a todos os criados e ainda sobrou um pouco de água.

– Bravo! – exclamou o rei e mandou chamar o mordomo. – Eis aqui seu esposo.

Depois, foi a vez da irmã do meio. O rei ordenou que trouxessem uma peça de roupa, e a jovem, sem demora, confeccionou vestes para todos os criados e ainda deixou sobrar um pedaço de pano.

– Bravo! – exclamou o rei mais uma vez e consentiu que ela se casasse com o encarregado do guarda-roupa real. – Agora é a sua vez – disse ele à caçula.

– Com vossa permissão, Majestade, eu disse que se fosse a esposa do rei, daria à luz dois filhos, um menino com a marca de um sol na testa e uma menina com a marca de uma lua.

– Se isso for verdade – disse o rei –, você será minha rainha. Se não, morrerá.

O rei logo se casou com ela e não demorou muito para que as duas irmãs mais velhas começassem a ter inveja da caçula e passassem a odiá-la.

– Veja só, ela será rainha e nós, reles serviçais! – reclamaram elas.

Poucos meses antes que os filhos da rainha nascessem, o rei declarou guerra e foi forçado a acompanhar seu exército, mas ordenou que se a rainha tivesse dois filhos, um menino com a marca de um sol na testa e uma menina com a marca de uma lua, a mãe seria respeitada como rainha; se não, ele deveria ser informado e diria aos criados o que fazer. Depois, partiu para a guerra.

Quando os filhos da rainha nasceram, um menino com a marca de um sol na testa e uma menina com a marca de uma lua, como ela havia previsto, as irmãs invejosas subornaram a ama para colocar dois cãezinhos no lugar dos bebês e escreveram ao rei informando que a esposa dera à luz dois filhotes. Ele respondeu que deveriam cuidar da mãe por duas semanas e depois prendê-la à roda do suplício.

Depois disso, a ama pegou os bebês e os levou para fora do castelo.

– Vou deixá-los para os cães comerem – disse a ama e largou-os ali sozinhos.

Enquanto estavam vulneráveis, três fadas passaram por lá.

– Nossa, como essas crianças são lindas! – exclamaram elas.

– Que presente daremos a elas? – perguntou uma das fadas.

– Vou presenteá-las com uma rena que cuidará delas.

– Eu, com uma bolsa que estará sempre cheia de dinheiro.

– E eu – disse a terceira fada – vou presenteá-las com um anel que mudará de cor quando algum mal cair sobre uma delas.

A rena tratou e cuidou das crianças até que elas crescessem. Então, a fada que lhes dera a rena foi encontrar-se com eles.

– Agora que cresceram, não poderão mais ficar aqui – disse a fada.

– Muito bem – disse o irmão –, vou alugar uma casa na cidade.

– Garanta que seja uma casa em frente ao palácio real – disse a rena.

Os irmãos foram para a cidade, alugaram um palácio conforme a orientação da rena e o mobiliaram como se fossem da realeza. Quando as tias viram os dois lá, imagine o susto que levaram!

– Estão vivos! – exclamaram elas.

Não tinha como confundi-los, pois havia a marca de um sol na testa do rapaz e de uma lua na testa da moça. Então, as tias chamaram a ama.

– Ama, o que significa isso? Como é que os nossos sobrinhos ainda estão vivos? – perguntaram elas.

A ama observou pela janela até ver o irmão sair, então foi até o palácio, fingindo fazer uma visita aos novos vizinhos.

– Qual é o problema, minha filha? Está tudo bem? Você está feliz mesmo? Tem de tudo, mas sabe o que a faria feliz de verdade? A Água

CONTOS DE FADAS EUROPEUS

Dançante. Se seu irmão a ama, ele vai trazê-la para você! – sugeriu a ama, depois ficou lá mais um pouco e foi embora.

Quando o rapaz voltou, a irmã logo pediu:

– Ah, meu irmão, se me ama, vá buscar a Água Dançante para mim.

Ele acatou o pedido e, na manhã seguinte, selou um bom cavalo e partiu. No caminho, esbarrou com um eremita.

– Aonde vai, cavaleiro? – perguntou o eremita.

– Procuro a Água Dançante.

– Vai encontrar a morte, meu filho, mas continue até topar com um eremita mais velho que eu.

Ele continuou a jornada até esbarrar com outro eremita, que lhe fez a mesma pergunta e lhe deu a mesma instrução. Enfim, o rapaz esbarrou com o terceiro eremita, mais velho que os outros dois, com uma barba branca que ia até os pés, que lhe deu as seguintes instruções:

– Deve escalar aquela montanha ali. No topo dela, encontrará uma grande planície e um palácio com um belo portão. À frente do portão, verá quatro gigantes com espadas em punho. Tenha muita cautela, não cometa um erro sequer, pois, se isso acontecer, será seu fim! Quando os gigantes estiverem de olhos fechados, não entre; quando estiverem de olhos abertos, entre. Depois, chegará a uma porta. Se ela estiver aberta, não entre; se estiver fechada, empurre-a para abrir e entre. Então, encontrará quatro leões. Quando estiverem de olhos fechados, não entre; quando estiverem de olhos abertos, entre e, finalmente, verá a Água Dançante.

O rapaz se despediu do eremita e apressou-se.

Enquanto isso, a irmã olhava para o anel o tempo todo, conferindo se a pedra mudava de cor, mas, como não mudava, ela não se preocupou.

Poucos dias depois que havia esbarrado com o eremita, o rapaz chegou ao topo da montanha e viu o palácio com os quatro gigantes. Os olhos deles estavam fechados, e a porta estava aberta.

– Não, ainda não é a hora – disse o rapaz e ficou à espreita por mais um tempo.

Quando os gigantes abriram os olhos e a porta se fechou, o rapaz entrou, esperou até que os leões também abrissem os olhos e passou por eles. Lá, encontrou a Água Dançante, encheu algumas garrafas e escapou quando os leões abriram os olhos de novo.

Enquanto isso, as tias celebravam porque o sobrinho não havia retornado, mas, alguns dias depois, ele apareceu e foi direto abraçar a irmã. Em seguida, os irmãos pegaram duas tinas de ouro e despejaram nelas a Água Dançante, que saltitava de uma bacia para a outra.

– Ah! Como é que ele conseguiu pegar a água? – perguntaram-se as tias ao ver aquilo.

Depois chamaram a ama, que novamente esperou até que a irmã ficasse sozinha e foi visitá-la.

– Viu como a Água Dançante é linda! Mas sabe do que precisa agora? Da Maçã Cantante – disse a ama, depois partiu.

Quando o irmão, que já havia lhe trazido a Água Dançante, retornou, a moça pediu:

– Se me ama, precisa me trazer a Maçã Cantante.

– Sim, minha irmã, vou pegá-la para você.

Na manhã seguinte, ele montou no cavalo e seguiu viagem. Depois de um tempo, esbarrou com o primeiro eremita, que o enviou até o mais velho.

– É uma tarefa difícil conseguir a Maçã Cantante, mas ouça o que deve fazer: suba a montanha, tenha cuidado com os gigantes, com a porta e com os leões. Depois, verá uma pequena porta e uma tesoura de jardim. Se a tesoura estiver aberta, entre; se estiver fechada, não se arrisque – disse o eremita mais velho depois de saber o que o jovem estava procurando.

O rapaz seguiu caminho, chegou ao palácio, entrou e encontrou tudo a seu favor. Quando viu a tesoura aberta, entrou no cômodo e se deparou com uma árvore magnífica e, no topo dela, havia uma maçã. Ele subiu e tentou pegá-la, mas o topo da árvore balançava de um lado para o outro. Então, esperou até que parasse de balançar por um momento, agarrou o galho e pegou a maçã. Ele conseguiu sair do palácio em segurança, montou no cavalo e voltou para casa, carregando consigo o tempo todo a maçã que cantava sem parar.

As tias celebravam mais uma vez porque o sobrinho estava ausente havia muito tempo, mas quando viram que ele retornara, foi como se o mundo tivesse desabado em suas cabeças. Mais uma vez, chamaram a ama e, mais uma vez, a ama visitou a moça.

– Veja só como a Água Dançante e a Maçã Cantante são lindas! Mas se encontrar o Pássaro Falante, aí sim, terá tudo o que é maravilhoso no mundo – disse a ama.

– Muito bem – comentou a moça –, veremos se meu irmão o buscará para mim.

Assim que o irmão chegou, ela lhe pediu o Pássaro Falante, e ele prometeu trazê-lo. Como de costume nas jornadas, o rapaz esbarrou com o primeiro eremita, que o enviou até o segundo, que o enviou até o terceiro.

– Suba a montanha e entre no palácio. Você passará por várias estátuas e chegará a um jardim com uma fonte central, e na bacia dessa fonte está o Pássaro Falante. Se ele disser qualquer coisa para você, não responda. Pegue uma pena de sua asa, mergulhe-a no jarro que encontrar lá e benza todas as estátuas. Fique de olhos bem abertos, e tudo ficará bem – disse o terceiro eremita.

Ele já conhecia bem o caminho e logo chegou ao palácio e entrou. Encontrou o jardim e o pássaro, que, ao vê-lo, logo perguntou:

– Qual é o problema, nobre senhor? Veio por mim? O senhor não compreendeu. Suas tias o mandaram para a morte, e você ficará aqui para sempre. Sua mãe foi condenada à roda do suplício.

– Minha mãe na roda do suplício? – indagou ele.

As palavras mal tinham saído da boca do rapaz quando ele se transformou em estátua, como as outras que estavam ali.

Mas ao perceber que o irmão não voltava daquela terceira jornada, a moça foi olhar o anel e a pedra estava negra, então logo soube que havia algo errado. Pobre criança! Não vendo outra saída, vestiu-se como um escudeiro e partiu.

Assim como o irmão, ela esbarrou com os três eremitas e recebeu instruções deles.

– Tenha cuidado, pois se responder quando o pássaro falar, perderá a vida, mas se permanecer em silêncio, ele voará até você. Pegue uma das penas, mergulhe-a no jarro que encontrar lá e benza o nariz do seu irmão com ela – concluiu o terceiro eremita.

Ela continuou a jornada, seguiu à risca as instruções do eremita e chegou ao jardim em segurança.

– Ah, você veio também? Agora, terá o mesmo destino que seu irmão. Consegue vê-lo ali? Seu pai está na guerra. Sua mãe está na roda do suplício. Suas tias estão felizes em grande celebração! – exclamou o pássaro ao vê-la.

Mas ela permaneceu em silêncio e deixou o pássaro continuar cantarolando. Quando ele não tinha nada mais a dizer, voou até o chão e a moça o pegou, puxou uma pena da asa, mergulhou-a no jarro e benzeu o nariz do irmão, que logo retornou à vida. Depois, fez o mesmo com todas as outras estátuas, com os leões e com os gigantes, até que todos retornaram à vida. Então, partiu com o irmão enquanto os nobres, príncipes, barões e filhos de reis que estavam ali celebravam. Quando todos já tinham retornado à vida, o palácio desapareceu e os eremitas também desapareceram, pois eram as três fadas.

No dia seguinte ao que retornaram à cidade onde moravam, o irmão e a irmã procuraram um ourives, mandaram-no fazer uma corrente de ouro e prenderam o pássaro nela. Ao olharem para fora, as tias viram na janela do palácio dos sobrinhos a Água Dançante, a Maçã Cantante e o Pássaro Falante.

– Bem – disseram elas –, agora vamos ter problemas de verdade!

O pássaro orientou que os irmãos conseguissem uma carruagem melhor do que a do rei, com vinte e quatro lacaios, e que tivessem ainda mais cozinheiros e criados servindo-lhes no palácio do que o próprio rei tinha. Os dois providenciaram tudo sem demora e, quando as tias viram tudo aquilo, quase morreram de raiva.

Finalmente, o rei retornou da guerra, e os súditos lhe contaram todas as novidades do reino, mas quase não falaram nada sobre a esposa e os filhos. Um dia, ele olhou através da janela e viu todo o requinte do palácio à frente.

– Quem vive lá? – perguntou o rei, mas ninguém sabia lhe responder.

Ao olhar de novo pela janela, o rei viu os dois jovens, o rapaz com a marca de um sol na testa e a moça com a marca de uma lua.

– Santo Deus! Se não soubesse que minha esposa deu à luz filhotes de cachorro, diria que aqueles são meus filhos! – exclamou o rei.

No dia seguinte, ele ficou perto da janela e apreciou a Água Dançante e a Maçã Cantante, mas o pássaro estava em silêncio.

– O que Vossa Majestade acha disso? – perguntou o pássaro depois que o rei tinha ouvido a canção da maçã.

– Ora, o que eu poderia achar? É esplêndido – respondeu o rei, surpreso ao ouvir o Pássaro Falante.

– Há algo ainda mais esplêndido. Aguarde.

Então, o pássaro pediu a sua senhora que chamasse o irmão.

– Lá está o rei. Vamos convidá-lo para jantar no domingo aqui no palácio. Que acham disso? – perguntou o pássaro aos irmãos.

– Sim, claro! – responderam eles.

O rei recebeu o convite e o aceitou, e no domingo o pássaro preparou um grande jantar para recebê-lo.

– Só podem ser meus filhos – disse o rei, festejando, depois de se encontrar com os jovens.

Ele conheceu todo o palácio e ficou impressionado com tanta riqueza, depois, eles começaram a jantar.

– Pássaro, todos estão conversando, só você está em silêncio – disse o rei enquanto comiam.

– Ah, Vossa Majestade, estou doente. Mas, no próximo domingo, devo estar bem e poderei falar, então vou jantar no seu palácio com esta dama e este cavalheiro.

No domingo seguinte, o pássaro orientou sua senhora e o irmão a usarem suas melhores roupas, então os dois se vestiram como nobres e levaram o pássaro no jantar com eles. O rei lhes mostrou o palácio e lhes tratou com a maior cerimônia, e as tias quase morreram de medo.

– Venha, pássaro, prometeu-me que falaria hoje. Não tem nada a dizer? – perguntou o rei quando se sentaram à mesa.

Então o pássaro começou a contar tudo o que havia acontecido, desde o momento em que o rei fora atrás da porta das três irmãs para ouvir a conversa até o momento em que a pobre rainha fora colocada na roda.

– Estes são seus filhos, e sua esposa está morrendo na roda do suplício – acrescentou o pássaro.

Ao ouvir tudo aquilo, o rei correu para abraçar os filhos e depois foi ao encontro da pobre esposa, que estava só pele e osso e à beira da morte. Ajoelhou-se diante dela e implorou perdão, depois, convocou as tias e a ama.

– Pássaro, você que me contou tudo, agora pronuncie as sentenças – disse o rei quando as três se apresentaram diante dele.

O pássaro sentenciou a ama a ser arremessada pela janela e as tias a serem lançadas em um caldeirão de óleo fervente. As sentenças foram executadas sem demora. O rei nunca se cansava de abraçar a esposa. Depois, o pássaro partiu, e o rei, a rainha e os filhos viveram juntos e em paz.

A linguagem dos animais

Era uma vez um homem que tinha um filho chamado Jack, que era muito ignorante e tinha a mente atrasada. Então, o pai o colocou na escola para que ele aprendesse algo e, depois de um ano, o menino voltou para casa.

– Então, Jack, o que aprendeu na escola? – perguntou o pai.

– Entendo o que os cães dizem quando latem – respondeu Jack.

– Isso não é grande coisa – disse o pai. – Precisa voltar para a escola.

O pai mandou Jack para escola por mais um ano e, quando o menino voltou, perguntou-lhe o que tinha aprendido.

– Bem, pai – disse Jack –, quando as rãs coaxam, entendo o que dizem.

– Tem que aprender mais do que isso – disse o pai e o mandou para a escola mais uma vez.

Quando Jack voltou, depois de mais um ano, o pai lhe perguntou de novo o que tinha aprendido.

– Entendo o que todas as aves dizem quando trilam e piam, gralham e arrulham, grugulejam e cacarejam.

– Ora, não posso negar – disse o pai – que isso não parece grande coisa para três anos de estudos. Mas vamos ver se aprendeu as lições direito.

O que aquele pássaro ali na árvore, bem em cima das nossas cabeças, está dizendo?

Jack escutou o pássaro durante um tempo, mas não disse nada ao pai.

– Então, Jack, o que ele está dizendo? – insistiu o pai.

– Não quero falar, pai.

– Acho que não sabe, senão diria. Seja lá o que for, não me interessa.

– O pássaro disse várias vezes, alto e bom som: "Logo, chegará o tempo em que o pai de Jack se ajoelhará diante dele e lhe ofertará água para lavar as mãos, e a mãe lhe ofertará uma toalha para enxugá-las" – disse o jovem.

Depois disso, o pai ficou furioso com Jack, e o amor que sentia por ele se transformou em ódio. Então, um dia, prometeu muito dinheiro a um bandido para levar Jack à floresta, matá-lo e retornar com o coração dele, como prova de que havia cumprido com o combinado. Mas, em vez disso, o bandido contou tudo a Jack, aconselhou-o a fugir e entregou ao pai o coração de um cervo como prova do combinado. Jack viajou sem descanso até que, certa noite, parou em um castelo que encontrou no caminho, e, enquanto todos jantavam no grande salão, os cães começaram a latir sem parar no pátio.

– O castelo será atacado esta noite – avisou Jack ao lorde do castelo.

– Como sabe disso? – perguntou o lorde.

– Os cães estão dizendo.

O lorde e seus homens riram daquilo, mas mesmo assim reforçaram a guarda em torno do castelo naquela noite e, como era de se esperar, o ataque ocorreu, mas foi facilmente repelido porque os homens estavam preparados. O lorde lhe deu uma boa recompensa pelo aviso, e Jack seguiu viagem com um sujeito que o ouvira prevenindo o lorde contra o ataque.

Pouco depois, chegaram a outro castelo, onde a filha do lorde estava muito doente, à beira da morte, e uma grande recompensa fora oferecida para quem a curasse. Jack ficou escutando as rãs enquanto coaxavam no fosso que cercava o castelo, depois procurou o lorde.

CONTOS DE FADAS EUROPEUS

– Sei o que aflige sua filha – disse Jack.

– O quê? – perguntou o lorde.

– Ela deixou cair a hóstia sagrada da boca e uma das rãs do fosso a engoliu.

– Como sabe disso? – perguntou o lorde.

– Ouvi as rãs dizendo.

O lorde não acreditou nele a princípio, mas, na tentativa de salvar a vida da filha, pediu a Jack que lhe mostrasse qual das rãs se vangloriava de ter engolido a hóstia e, ao capturá-la, descobriu que Jack dizia a verdade. A rã foi capturada e morta, a hóstia recuperada, e a moça ficou curada. Então, o lorde lhe entregou a recompensa prometida, e Jack seguiu viagem com o companheiro e com outro sujeito do castelo que tinha ouvido falar de seus feitos.

Jack e os dois companheiros viajaram para Roma, a cidade das cidades, onde residia o papa, que, naquela época, era o chefe de toda a cristandade.

– Quem diria! Um de nós será o papa de Roma – disse Jack enquanto descansavam na beira da estrada.

Os camaradas perguntaram como ele sabia daquilo.

– Os pássaros lá em cima da árvore disseram – respondeu Jack.

A princípio, os camaradas riram dele, mas depois se lembraram de que tudo o que Jack disse antes sobre o latido dos cães e o coaxar das rãs acabou se revelando verdade.

Quando chegaram a Roma, descobriram que o papa havia morrido há pouco tempo e que um sucessor seria escolhido. Estava decidido que todo o povo deveria passar sob um arco no qual havia um sino e duas pombas no topo e que o homem em cujos ombros as pombas pousassem e para quem o sino badalasse ao atravessar o arco seria o próximo papa. Quando se aproximaram do arco, Jack e os companheiros se lembraram da profecia e se perguntaram qual dos três receberia os sinais. O primeiro camarada cruzou o arco e nada aconteceu, depois, o segundo passou e nada aconteceu, mas, quando Jack atravessou o arco, as pombas desceram e pousaram em seu ombro, e o sino começou a badalar. Assim, Jack foi nomeado papa de toda a cristandade e adotou o nome de Papa Silvestre.

Depois de um tempo, o novo papa partiu em viagem e chegou ao povoado onde residia seu pai. Houve um grande banquete para o qual o pai e a mãe de Jack foram convidados a seu pedido. Ao chegarem, Jack ordenou que os criados dessem a bacia de água ao pai e a toalha à mãe, com os quais ele, o papa, lavaria e secaria as mãos após o jantar. Aquilo era uma grande honra na época, e as pessoas se perguntavam por que o pai e a mãe de Jack deveriam ter tal privilégio. Mas depois que o pai lhe ofertou a bacia de água e a mãe lhe entregou a toalha, ele perguntou:

– Não me reconhece, mãe? Não me reconhece, pai?

Jack se revelou a eles e recordou ao pai o que o pássaro dissera. Então, perdoou-o e levou os dois para viver com ele para sempre.

Os três soldados

Era uma vez três soldados que retornaram da guerra: um era sargento, outro era cabo e o terceiro era um soldado raso. Uma noite, ficaram presos em uma floresta, fizeram uma fogueira para dormir em torno dela, e o sargento ficou de vigia. Enquanto andava para cima e para baixo em vigília, uma velha corcunda se aproximou dele.

– Por favor, senhor, posso me aquecer perto do fogo? – perguntou a velhinha.

– Ora, claro, minha senhora! Fique à vontade para se aquecer pelo tempo que quiser.

Então, a velha se sentou perto do fogo e se aqueceu bem.

– Obrigada, soldado. Eis aqui algo para compensar o favor que me fez – disse ela ao lhe entregar um porta-moedas, que parecia estar vazio.

– Oh, obrigado – disse o sargento. – Mas não posso aceitar isso da senhora, mesmo porque está vazio.

– Agora está vazio, mas o segure ao contrário e sempre que segurá-lo assim, moedas de ouro jorrarão dele.

Ele aceitou o porta-moedas e, como era de se esperar, quando o segurou ao contrário, choveram moedas de ouro. O sargento agradeceu muito à velha, e ela se foi.

Na noite seguinte, o cabo ficou de sentinela, e a velha foi até ele e pediu para se sentar ao lado do fogo.

– Claro, senhora, é bem-vinda. Sei bem como é bater os dentes de tanto frio – disse ele.

Então, a velha ficou ao lado do fogo por um bom tempo e, antes de partir, deu ao cabo uma toalha de mesa.

– Obrigado, senhora. Que gentil! Mas nós soldados não costumamos usar toalhas de mesa para comer nossas provisões – disse o cabo.

– Sim, mas a toalha lhe dará as provisões – disse a velha. – Sempre que colocá-la sobre uma mesa ou no chão e exclamar "Cobre-te com comida!", aquela refeição deliciosa que se devora até a última garfada surgirá sobre ela.

– Sendo assim, vou aceitar o presente. Obrigado pela gentileza – disse ele.

Em seguida, a velha partiu, e o cabo acordou os companheiros.

– Toalha de mesa, cobre-te com comida! – exclamou ele.

Como você pode imaginar, claro, a melhor refeição do mundo apareceu sobre a toalha.

Na noite seguinte, o soldado marchava para cima e para baixo fazendo a vigia, quando a velha apareceu de novo e pediu para se sentar ao lado do fogo.

– Com certeza. A senhora é tão bem-vinda quanto minha mãe seria – disse o soldado.

Depois de passar algum tempo perto do fogo, ela se levantou.

– Obrigada, gentil senhor. Espero que isso compense o incômodo – disse ela, entregando-lhe uma flauta.

– Vou usar isto para quê? Não sei tocar flauta – disse o soldado.

– Mas pode soprá-la – explicou ela –, e sempre que fizer isso, surgirá um batalhão de homens armados prontos a lhe atender.

Contos de fadas europeus

Em seguida, a velha partiu e nunca mais a viram.

Os três soldados seguiram viagem até chegarem a uma cidade onde uma princesa ostentava tanto suas habilidades com as cartas que jurou se casar com qualquer um que pudesse vencê-la. Como o sargento também se orgulhava de suas habilidades no jogo, pensou em tentar a sorte com a princesa. Então, foi ao palácio e se ofereceu para jogar contra ela.

– Qual será sua aposta? Se eu perder, tenho de me casar com você. Mas se eu ganhar, o que você perde? – perguntou a princesa.

– Aposto meu porta-moedas – respondeu o sargento.

– Ora, de nada adianta ter um porta-moedas vazio!

– Pode não haver nada nele agora, mas veja isso – disse o sargento, depois virou o porta-moedas ao contrário, pôs a mão embaixo e moedas de ouro caiam enquanto o segurava assim.

A princesa aceitou o porta-moedas como aposta. Mas ela colocara um espelho posicionado bem atrás do sargento, na altura da cabeça, e podia ver todas as cartas dele. Assim, venceu o jogo facilmente, e ele teve de abrir mão do porta-moedas.

Mas aquela princesa era tão encantadora que o sargento se apaixonou por ela e, ao voltar até os companheiros, pediu ao cabo que lhe emprestasse a toalha de mesa. Depois, foi até a princesa outra vez.

– Aceitaria esta toalha de mesa como aposta? – perguntou o sargento.

– É uma toalha de mesa muito bonita, mas não me parece que seja uma aposta justa.

Então, o sargento estendeu a toalha sobre a mesa.

– Toalha, cobre-te com comida! – ordenou ele, e uma refeição deliciosa surgiu sobre ela.

Já que a princesa sabia que seria capaz de vencer, aceitou a aposta e, como era de se esperar, graças ao espelho, venceu e ficou com a toalha.

A mesma coisa aconteceu quando o sargento pegou a flauta emprestada do soldado e tentou a sorte de novo. Mas, daquela vez, observou bem os movimentos da princesa e percebeu que ela o enganara, embora não ousasse dizer tal coisa. Ele perdeu o jogo de novo, voltou até os companheiros e pediu perdão, contando-lhes que a princesa havia trapaceado, e ele não conseguira evitar a derrota. Então, os amigos o perdoaram e cada um seguiu seu caminho.

O sargento vagou e vagou e vagou até chegar à margem de um riacho onde cresciam figueiras brancas e pretas. Colheu alguns figos das diferentes árvores e se sentou à margem para comê-los. Experimentou um figo preto primeiro, então, sentindo sede, desceu até o riacho para beber um pouco de água e, ao observar seu reflexo, viu que tinha dois chifres nas laterais da cabeça em vez das duas orelhas, iguais aos de uma cabra. Ele não sabia o que fazer, mas como ainda estava com fome, comeu um dos figos brancos e, quando foi beber água de novo, viu que os chifres haviam desaparecido. Assim percebeu que, ao comer os figos pretos, os chifres apareciam, e, ao comer os figos brancos, eles desapareciam. Juntou mais frutos, voltou ao palácio da princesa e lhe mandou alguns dos figos pretos como presente de um admirador.

Depois de um tempo, espalhou-se um boato pela cidade de que a princesa tinha chifres na cabeça e daria qualquer recompensa a quem pudesse eliminá-los.

Então, o sargento foi até o palácio e se apresentou diante da princesa.

– Posso eliminar os chifres, mas quero meu porta-moedas, minha toalha de mesa e minha flauta de volta – disse ele.

A princesa ordenou que trouxessem as coisas dele e lhe prometeu devolver tudo assim que os chifres desaparecessem.

O sargento lhe entregou um figo branco e, assim que ela o comeu, os chifres sumiram. Ele, então, pegou o porta-moedas, a toalha de mesa e a flauta de volta.

– E agora, vai se casar comigo? – perguntou ele.

– Não – respondeu ela. – Por que eu me casaria?

CONTOS DE FADAS EUROPEUS

– Porque não venceu o jogo de forma justa.

– Talvez sim, talvez não, mas não vejo razão para me casar com você.

Em seguida, o sargento soprou a flauta, e o palácio logo se encheu com um batalhão de soldados.

– Se não se casar comigo, estes homens vão capturar o rei, e tomarei o trono.

Então, a princesa se casou com o sargento, ele mandou chamar o cabo e o soldado e fez deles homens ricos e prósperos, e todos viveram juntos e felizes.

Uma dúzia de uma só tacada

Um pequeno alfaiate estava ocupadíssimo com a costura, sentado de pernas cruzadas no banco, quando uma mulher começou a gritar:
– Geleia caseira, geleia caseira!
– Venha aqui, boa mulher, e me dê uns cem gramas – disse o alfaiate.
Depois que ela serviu a geleia, ele espalhou um pouco no pão com manteiga e reservou para o almoço, mas, como era verão, as moscas começaram a se juntar em torno do pão e da geleia.
Quando viu aquilo, o alfaiate acertou a nuvem de moscas com uma tira de couro e matou doze delas de uma vez. Ficou muito orgulhoso, por isso fez para si uma faixa de homenagem, na qual bordou a frase: Uma dúzia de uma só tacada.
"Um homem capaz de tais feitos não pode ficar em casa. Deve sair para conquistar o mundo", pensou consigo mesmo ao se ver com a faixa.
Então, colocou em uma bolsa um queijo cremoso que havia comprado naquele dia, chamou seu melro favorito que costumava saltitar pelo ateliê e saiu em busca de fortuna.
Não tinha ido muito longe quando encontrou um gigante.

Contos de fadas europeus

– Olá, camarada. Como vai? – perguntou o alfaiate ao se aproximar dele.

– Camarada? Ah, com certeza você daria um ótimo camarada para mim – respondeu o gigante, zombando dele.

– Veja isso – disse o alfaiate e apontou para a faixa.

"Este sujeitinho não é um lutador qualquer, se é que diz a verdade mesmo. Mas vamos ver o que ele pode fazer", pensou o gigante quando leu Uma dúzia de uma só tacada.

– Se o que diz aí é verdade, podemos muito bem ser camaradas. Mas vejamos se consegue fazer o que eu consigo – disse o gigante.

O gigante se agachou, pegou uma pedra grande da estrada e a apertou com a mão até que ela se esfarelou e começou a jorrar água.

– Consegue fazer isso? – perguntou o gigante.

O alfaiate também se agachou na estrada, mas tirou da bolsa o pedaço de queijo e fingiu pegar uma pedra do chão. Com o queijo na mão, ele o espremeu até começar a escorrer nata dele.

– Ora, consegue fazer isso muito bem. Vejamos se consegue arremessar – disse o gigante.

Ele pegou outra pedra, arremessou-a bem longe, e ela foi parar do outro lado do rio perto do qual estavam parados.

Então, o pequeno alfaiate pegou o melro na mão, fingiu arremessá-lo e, é claro, ao se ver livre, o pássaro voou para longe e desapareceu.

– Nada mal. Pode vir para casa comigo e andar conosco, os gigantes. Faremos grandes coisas juntos.

Ao longo do caminho, o gigante disse ao alfaiate:

– Precisamos de lenha para as fogueiras noturnas. Você pode muito bem me ajudar a levar um pouco para casa.

O gigante apontou para uma árvore caída à beira da estrada e pediu ao alfaiate que o ajudasse a carregá-la.

– Ora, claro! – concordou o alfaiate e foi até o topo da árvore. – Levarei esses galhos que são mais pesados, você carregará o tronco sem os galhos.

Quando o gigante colocou o tronco nos ombros, o alfaiate se sentou em um dos galhos e deixou que ele o carregasse.

Depois de um tempo, o gigante se cansou.

– Ei, espere aí, vou largar a árvore e descansar um pouco – disse o gigante.

– Nossa, como você se cansa fácil! – exclamou o alfaiate depois de dar um pulo e fingir agarrar os galhos da árvore de novo.

Por fim, chegaram ao castelo do gigante, e lá ele contou aos irmãos que aquele pequeno alfaiate era um sujeito valente e forte. Os gigantes conversaram e decidiram se livrar dele para evitar que lhes fizesse mal. Mas resolveram matá-lo durante a noite, em uma emboscada, já que ele era muito forte e podia matar doze deles de uma só tacada.

O alfaiate os viu cochichando e, presumindo que algo estava errado, foi até o quintal, pegou uma bexiga grande, encheu-a com sangue de pequenos animais e colocou-a na cama que os gigantes tinham oferecido para ele dormir. Depois, rastejou para debaixo da cama e, no meio da noite, os gigantes pegaram porretes enormes e bateram tanto na cama, até que o sangue esguichou na cara deles. Assim, pensaram que o alfaiate estava morto e voltaram a dormir.

Mas, pela manhã, lá estava o alfaiate em carne e osso. Os gigantes ficaram tão surpresos ao vê-lo que perguntaram se ele não tinha sentido nada durante a noite.

– Ah, não sei, parecia que a cama estava lotada de pulgas. Não vou mais dormir lá não – disse o alfaiate. Então despediu-se dos gigantes e seguiu caminho.

Depois de um tempo, o alfaiate foi parar na corte do rei e adormeceu debaixo de uma árvore. Alguns dos cortesãos que passavam por ali viram a inscrição na faixa: UMA DÚZIA DE UMA SÓ TACADA. Então, correram para contar ao rei.

CONTOS DE FADAS EUROPEUS

– Ora, é o homem certo para nós! Ele será capaz de aniquilar o javali e o unicórnio que estão devastando nosso reino. Tragam-no aqui – ordenou o rei.

Os cortesãos acordaram o pequeno alfaiate e o levaram até o rei.

– Há um javali devastando nosso reino. Já que você é tão poderoso, será fácil capturá-lo – disse o rei.

– O que ganho se fizer isso? – perguntou o pequeno alfaiate.

– Bem, prometi dar a mão da minha filha e metade do meu reino, além de outras coisas, ao homem que conseguir fazer isso.

– Que outras coisas? – perguntou o alfaiate.

– Ah, descobrirá depois de ter capturado o javali.

O pequeno alfaiate seguiu para o bosque onde o javali fora visto pela última vez e, ao se deparar com o animal, correu sem parar, até que, finalmente, chegou a uma pequena capela no meio da mata e lá entrou; o javali seguiu no seu encalço. Então, ele escalou uma janela alta e saiu da capela, correu até a porta, fechou-a e trancou-a. Depois, voltou até o rei.

– Prendi o javali na capela do bosque. Envie alguns homens para matá--lo, ou faça o que bem entender com ele – disse o alfaiate.

– Como conseguiu levá-lo até lá? – perguntou o rei.

– Ah, agarrei-o pelas cerdas e joguei-o lá, pois pensei que o queria vivo. Qual é a próxima coisa que devo fazer? – perguntou o pequeno alfaiate, mostrando-se confiante.

– Bem – disse o rei –, há um unicórnio no campo matando todos que encontra pela frente. Não o quero morto, quero que o pegue e o traga até mim.

– Preciso de uma corda e uma machadinha, e verei o que posso fazer.

O alfaiate foi com a corda e a machadinha até o bosque onde o unicórnio fora visto pela última vez. Ao se deparar com o animal, ele se esquivou, desviando-se dele, até que, por fim, conseguiu se proteger atrás de uma grande árvore. O unicórnio, na tentativa de furar o alfaiate, enfiou o chifre no tronco com tanta força que ficou pregado ali.

O alfaiate foi até lá, amarrou a corda em volta do pescoço do unicórnio, soltou o chifre com a machadinha e o arrastou até o rei.

– O que mais deseja? – perguntou o alfaiate.

– Bem, só há mais um pedido. Há dois gigantes que aniquilam todos os que veem pela frente. Livre-se deles e, então, minha filha e a metade do meu reino serão seus.

Ele saiu à procura dos gigantes e os encontrou dormindo debaixo das árvores no bosque. Encheu uma caixa com pedras, subiu em uma árvore de onde podia vê-los bem e, depois de ter se camuflado entre os galhos, jogou uma pedra no peito de um dos gigantes e o acordou.

– O que está fazendo? – perguntou o gigante ao companheiro.

– Não fiz nada – disse o companheiro ao acordar.

– Bem, não faça isso de novo – avisou o primeiro gigante antes de voltar a dormir.

Em seguida, o alfaiate jogou uma pedra no segundo gigante e lhe acertou uma pancada no queixo.

– Por que fez isso? – perguntou o segundo gigante ao se levantar.

– Fiz o quê? – perguntou o segundo.

– Bateu no meu queixo.

– Não bati.

– Bateu sim.

– Não bati.

– Bateu sim.

– Ah, tome isso então – disse o outro gigante, acertando-lhe um tremendo golpe na cabeça.

Então, os dois começaram a lutar, surraram um ao outro com árvores que arrancaram do chão, até que, finalmente, um deles morreu, e o outro

CONTOS DE FADAS EUROPEUS

estava tão ferido que o alfaiate não teve dificuldade de matá-lo com a machadinha. Depois, voltou até o rei.

– Acabei com os gigantes. Envie seus homens para enterrá-los no bosque. Os dois arrancaram árvores do chão e tentaram me matar com elas, mas eu era demais para eles. Agora, quero a princesa.

Bem, o rei não tinha mais nada a dizer, então lhe deu a mão da filha em casamento e metade do reino para governar.

Mas poucos dias depois de se casarem, a princesa ouviu o alfaiate falando enquanto dormia.

– Pregue melhor o botão. Alinhave aquela peça de roupa. Não deixe os pontos tão soltos assim.

Logo ela soube que havia se casado com um alfaiate e foi até o pai se debulhando em lágrimas e se queixando.

– Bem, minha querida – disse o rei –, fiz uma promessa, e o alfaiate, sem dúvida, mostrou-se um grande herói. Mesmo assim, tentarei me livrar dele por você. À noite, enviarei para os seus aposentos um batalhão de soldados que o matarão mesmo que ele consiga matar doze de uma só tacada.

Naquela noite, o alfaiate notou que havia algo errado ao ouvir os soldados se movimentando perto do quarto. Então, fingiu que adormeceu e gritou durante o sono:

– Matei uma dúzia de uma só tacada. Já matei dois gigantes. Arrastei um javali pelas cerdas e capturei um unicórnio vivo. Não existe um homem no mundo a quem eu deva temer.

Ao ouvirem aquilo, os soldados disseram à princesa que aquela tarefa era perigosa demais para eles e foram embora.

A princesa pensou melhor e ficou orgulhosa de seu pequeno herói, e eles viveram felizes para sempre.

O conde de Cattenborough

Era uma vez um moendeiro que tinha três filhos: Charles, Sam e John.

– Boa noite, senhora! Boa noite, senhor! Boa noite, Charles, Sam, John! – dizia o criado todas as noites antes de ir para cama.

Passado algum tempo, a mulher do moendeiro morreu e, pouco depois, o moendeiro se foi também, deixando apenas o moinho, um burro e uma gata para os filhos. Charles, sendo o mais velho, ficou com o moinho, Sam ficou com o burro e partiu com ele, e John ficou com a gata.

Agora, como você acha que a gata ajudava John a viver? Ela pegava um saquinho com um barbante na ponta, escondia-o nos arbustos com um pedaço de queijo e, quando uma lebre ou uma perdiz vinha e tentava pegar o queijo… bingo! A dona Bichana puxava o barbante e lá estava a lebre ou a perdiz para o mestre Johnny comer. Um dia, duas lebres correram para o saco ao mesmo tempo e lá ficaram. Então a gata, depois de dar uma delas para Johnny, pegou a outra e levou-a até o palácio do rei.

– *Miau!* – exclamou a gata no portão do palácio.

O soldado de sentinela foi ver o que estava acontecendo. A dona Bichana lhe entregou a lebre e fez uma reverência.

CONTOS DE FADAS EUROPEUS

– Dê isso ao rei com os cumprimentos do conde de Cattenborough – disse ela.

O rei gostava muito de ensopado de lebre e ficou feliz por receber um presente tão refinado.

Passado algum tempo, a dona Bichana achou uma moeda de ouro rolando na terra, foi ao palácio e pediu um barril de milho emprestado ao soldado de sentinela.

– É para meu mestre, o conde de Cattenborough – disse a Bichana quando o soldado lhe perguntou quem usaria o barril.

Então ele lhe entregou o barril de milho e, pouco depois, a gata o devolveu com a moeda de ouro encaixada em uma fresta, entre duas ripas.

O rei foi informado de que a moeda de ouro do conde de Cattenborough viera em agradecimento ao empréstimo do barril de milho. Ao saber daquilo, ordenou que, se tal coisa voltasse a acontecer, o soldado deveria enviar uma mensagem ao conde convidando-o para ir ao palácio.

Algum tempo depois, a gata pegou duas perdizes e levou uma delas para o palácio. Quando exclamou *"Miau"* e a entregou ao soldado em nome do conde de Cattenborough, ele lhe disse que o rei desejava conhecer o conde.

Então, a Bichana voltou até Johnny.

– O rei deseja ver o conde de Cattenborough no palácio real – disse a gata.

– O que isso tem a ver comigo? – perguntou Johnny.

– Ah, você pode ser o conde de Cattenborough se quiser. Posso ajudá-lo.

– Mas não tenho roupas e vão descobrir quem sou assim que eu falar alguma coisa.

– Não se preocupe com isso – disse a dona Bichana. – Vou arranjar roupas adequadas para você se fizer o que digo e, quando estivermos no palácio, vou cuidar para que não cometa erros.

57

Então, no dia seguinte, a gata orientou Johnny a tirar as roupas, escondê-las sob uma grande pedra e entrar no rio. Enquanto fazia aquilo, ela foi até o portão do palácio.

– *Miau, miau, miau!*

Quando o soldado chegou ao portão, a gata continuou:

– Meu mestre, o conde de Cattenborough, foi roubado e levaram tudo o que tinha, até mesmo as roupas. Está escondido nos arbustos de amoras à beira do rio. O que vamos fazer? O que vamos fazer?

A sentinela foi avisar o rei, e ele ordenou que um traje adequado, digno de um conde, fosse enviado ao mestre Johnny, que logo se vestiu e foi ao palácio real acompanhado da Bichana. Ao chegarem lá, foram levados à câmara real e apresentados ao rei, que agradeceu a Johnny pelos generosos presentes.

– Meu mestre, o conde de Cattenborough, deseja declarar a Vossa Majestade que não há necessidade de qualquer agradecimento por tais ninharias – disse a dona Bichana ao dar um passo à frente.

O rei achou muito respeitoso da parte de Johnny não se dirigir diretamente a ele, então convocou seu camareiro-mor e, daquele momento em diante, só falou através dele. Assim, ao se sentarem à mesa para jantar com a rainha e a princesa, o rei disse ao camareiro:

– O conde de Cattenborough aceitaria uma batata?

– O conde de Cattenborough agradece a Sua Majestade e ficaria feliz em provar uma batata – respondeu a dona Bichana depois de fazer uma reverência.

O rei ficou tão impressionado com a riqueza e nobreza de Johnny, e a princesa, tão encantada com a boa aparência e as vestes requintadas dele que foi decidido que os dois se casariam.

Contudo, o rei achou por bem comprovar se Johnny realmente havia nascido e crescido em berço nobre como aparentava. Então, ordenou aos criados que colocassem uma cama dobrável no quarto em que Johnny dormiria, pois sabia que nenhum nobre suportaria tal descaso.

Ao ver aquela cama, a dona Bichana logo percebeu o que estava acontecendo. Quando Johnny começou a se despir para dormir, ela o interrompeu e chamou os servos dizendo que o conde não poderia dormir naquela cama.

Então, levaram-no para outro quarto, onde havia uma bela cama de dossel com estrado, tudo digno de um nobre. Assim, o rei teve certeza de que Johnny era um verdadeiro nobre e logo o casou com sua filha, a princesa.

Depois que o banquete terminou, o rei disse a Johnny que ele, a rainha e a princesa iriam até o castelo de Cattenborough, e Johnny não sabia o que fazer. A dona Bichana lhe disse que não haveria problema se ele não falasse muito durante a viagem e, por sorte, manter-se calado era muito fácil para Johnny.

Todos eles partiram em uma carruagem guiada por quatro cavalos, escoltada pela guarda real. A dona Bichana correu na frente deles até chegar a um campo onde alguns homens ceifavam feno.

– Homens, se não disserem que esta terra pertence ao conde de Cattenborough, aqueles soldados vão cortar todos vocês em pedacinhos – disse ela, apontando para a guarda real que cavalgava naquela direção.

Quando a carruagem chegou lá, o rei pediu que um daqueles homens se aproximasse.

– De quem é esta terra? – perguntou o rei.

– Pertence ao conde de Cattenborough – respondeu o homem.

– Não sabia que tinha propriedades tão perto de nós – comentou o rei com o genro.

– Tinha até me esquecido delas – devolveu Johnny.

Aquilo apenas confirmou o palpite do rei a respeito da grande riqueza de Johnny.

Um pouco mais adiante, havia outro grande campo no qual alguns homens rastelavam feno, e a dona Bichana lhes disse a mesma coisa. Quando a carruagem se aproximou, os homens também declararam que aquela terra pertencia ao conde de Cattenborough. Assim foi durante toda a viagem.

– Vamos para o castelo agora – disse o rei.

Johnny olhou para a dona Bichana.

– Como Vossa Majestade desejar. Deem-me uma hora, irei na frente e ordenarei que o castelo seja preparado para recebê-los – disse a gata.

Depois disso, ela saltou da carruagem, foi até o castelo de um grande ogro e pediu para vê-lo.

– Vim para alertá-lo. O rei e todo seu exército estão vindo para cá e vão derrubar as paredes do castelo e matá-lo se o encontrarem aqui – disse a Bichana ao se apresentar diante do ogro.

– O que vou fazer? O que vou fazer? – indagou o ogro.

– Não há um lugar onde possa se esconder? – perguntou a gata.

– Sou grande demais para me esconder, mas minha mãe me deu um pó e, quando o tomo, posso me encolher e ficar do tamanho que quiser.

– Bem, por que não o toma agora?

O ogro tomou o pó e encolheu, ficando pequenino, do tamanho de um rato. A dona Bichana saltou sobre ele, devorou-o inteirinho, depois, desceu até o enorme jardim e disse aos guardas que agora o castelo pertencia ao seu mestre, o Conde de Cattenborough. Em seguida, ordenou que abrissem os portões para a carruagem do rei que estava chegando.

O rei ficou encantado ao ver o belo castelo do genro, então deixou a filha lá com ele e voltou para o próprio palácio. Johnny e a princesa viviam felizes no castelo. Mas, um dia, a dona Bichana passou muito mal e caiu, como se estivesse morta.

– Meu senhor, a gata morreu – disse o camareiro do castelo ao encontrar Johnny.

– Bem, jogue-a na estrumeira – ordenou Johnny.

Ao ouvir aquilo, a dona Bichana gritou:

– Não seria melhor se me jogasse no riacho do moinho?

CONTOS DE FADAS EUROPEUS

Johnny se lembrou de suas origens e ficou com medo de que a gata contasse toda a verdade a alguém. Por isso, ordenou ao médico do castelo que cuidasse dela e, a partir de então, passou a fazer tudo o que ela queria.

Quando o rei morreu, Johnny o sucedeu, e esse foi o fim do conde de Cattenborough.

Donzelas-cisne

Era uma vez um caçador que costumava passar a noite inteira perseguindo cervos ou preparando armadilhas de caça. Certa noite, estava escondido atrás de uma moita de arbustos perto do lago, espreitando alguns patos selvagens que queria capturar, quando, de repente, ouviu um ruflar de asas bem alto ecoando pelo ar e pensou que os patos estavam vindo em sua direção; então, tensionou o arco e preparou as flechas. Mas, em vez de patos, surgiram sete donzelas vestidas com mantos de penas; elas pousaram na margem e, depois de tirarem os mantos, mergulharam na água, banharam-se e divertiram-se no lago. Todas eram belas, porém a mais jovem e menor delas foi a que encantou os olhos do caçador, que rastejou até lá, agarrou seu manto de plumagem e o levou consigo de volta para os arbustos.

Depois de se banharem e se divertirem até cansar, as donzelas-cisne voltaram até a margem do lago para se vestirem novamente; e foi então que as seis mais velhas encontraram os seus mantos de penas, mas a mais jovem não conseguiu achar o dela. Elas procuraram o manto incansavelmente, até que, por fim, começou a amanhecer.

CONTOS DE FADAS EUROPEUS

– Precisamos partir, já está amanhecendo! Encontrará seu destino, seja ele qual for – disseram as seis irmãs à mais jovem, então vestiram os mantos e voaram para longe, muito longe.

Quando as viu voar para longe, o caçador saiu de trás dos arbustos segurando o manto de penas e a donzela-cisne lhe implorou que o devolvesse. Ele ofereceu-lhe uma capa, mas não quis devolver o manto, pois pressentia que ela voaria para longe. Fez com que prometesse se casar com ele, depois a levou para casa e escondeu o manto de penas onde ela não pudesse encontrá-lo. Eles se casaram e viveram felizes juntos. Tiveram dois filhos lindos, um menino e uma menina, que cresceram fortes e saudáveis, e a mãe os amava de todo o coração.

Um dia, a menininha estava brincando de esconde-esconde com o irmão e foi se esconder atrás dos lambris na parede; ali encontrou o manto todo feito de penas e o levou para a mãe. Assim que viu o manto, a donzela-cisne o vestiu.

– Diga ao papai que, se quiser me ver de novo, deve me encontrar na Terra a Leste do Sol e a Oeste da Lua – disse a donzela e, depois de beijar os filhos, voou para longe.

Quando o caçador voltou para casa na manhã seguinte, a filha lhe contou o que havia acontecido e o que a mãe lhe dissera. Então ele partiu para encontrar a mulher na Terra a Leste do Sol e a Oeste da Lua. Vagou por muitos dias, até que encontrou um velho caído no chão, ajudou-o a se levantar e a se sentar e cuidou dele até que estivesse melhor.

O velho lhe perguntou o que ele fazia ali e para onde ia, e o caçador lhe contou tudo sobre as donzelas-cisne e sua mulher; depois perguntou ao velho se já tinha ouvido falar da Terra a Leste do Sol e a Oeste da Lua.

– Não, mas posso descobrir – respondeu o velho.

Ele soltou um assobio estridente e logo a planície à frente deles estava repleta de feras do mundo inteiro, pois o velho era ninguém menos que o Rei das Feras.

Joseph Jacobs

– Quem de vocês sabe onde é a Terra a Leste do Sol e a Oeste da Lua? – perguntou o velho, mas nenhuma das feras sabia. – Deve procurar meu irmão, o Rei dos Pássaros – disse ele ao caçador e explicou como encontrá-lo.

Depois de um tempo, o caçador encontrou o Rei dos Pássaros e lhe disse o que queria saber. O Rei dos Pássaros assobiou tão alto e estridente que logo o céu estava escuro com todos os pássaros do ar pairando ao seu redor.

– Alguém sabe onde é a Terra a Leste do Sol e a Oeste da Lua? – perguntou o rei aos pássaros, mas nenhum deles respondeu. – Sendo assim, deve se aconselhar com meu irmão, o Rei dos Peixes – disse ao caçador e explicou como poderia encontrá-lo.

O caçador andou e andou e andou, até que chegou ao Rei dos Peixes e lhe disse o que queria saber. O Rei dos Peixes foi até a beira do mar e convocou todos os peixes do oceano.

– Alguém sabe onde é a Terra a Leste do Sol e a Oeste da Lua? – perguntou ele.

Mas nenhum peixe respondeu, até que, finalmente, um golfinho que havia se atrasado exclamou:

– Ouvi dizer que a Terra a Leste do Sol e a Oeste da Lua fica no topo da Montanha de Cristal! Não sei como chegar lá, só sei que fica perto da Floresta Selvagem.

O caçador agradeceu ao Rei dos Peixes e seguiu para a Floresta Selvagem. Ao chegar perto, deparou-se com dois homens que brigavam; quando se aproximou, eles o chamaram e pediram que resolvesse a disputa.

– Ora, o que aconteceu? – perguntou o caçador.

– Nosso pai acabou de morrer e só deixou duas coisas: este chapéu, que torna invisível a pessoa que o usa, e estes sapatos, que transportam a pessoa pelo ar para qualquer lugar que ela queira ir. Agora, sendo o mais velho, reivindico o direito de escolher qual deles quero, mas ele, sendo o mais jovem, declara que tem o direito de ficar com os sapatos. Qual de nós acha que está certo?

CONTOS DE FADAS EUROPEUS

O caçador matutou por um tempo e, por fim, disse:

– É difícil decidir, mas o que posso sugerir é que apostem uma corrida até aquela árvore lá longe, e eu entrego os sapatos ou o chapéu ao primeiro que voltar até mim. A escolha será do vencedor.

O caçador segurou os sapatos em uma das mãos e o chapéu na outra, então esperou até que os dois saíssem correndo em direção à árvore. Assim que os irmãos começaram a correr, ele calçou os sapatos da rapidez, pôs o chapéu da invisibilidade na cabeça e desejou estar na Terra a Leste do Sol e a Oeste da Lua. Depois de sobrevoar sete alpes, sete vales e sete montanhas áridas, finalmente chegou à Montanha de Cristal. No topo dela, como o golfinho havia dito, estava a Terra a Leste do Sol e a Oeste da Lua.

Ao chegar lá, ele tirou o chapéu da invisibilidade e os sapatos da rapidez; depois perguntou quem governava aquela terra. Disseram-lhe que era um rei que tinha sete filhas, e elas se vestiam com plumas de cisne e voavam para onde bem quisessem.

Assim, o caçador soube que havia chegado à terra da mulher e, destemido, foi conversar com o rei.

– Saudações, oh rei, vim atrás da minha esposa – disse o caçador.

– Quem é ela? – perguntou o rei.

– Vossa filha, a caçula – respondeu o caçador, contando-lhe, em seguida, como tinha conseguido se casar com ela.

– Se puder distingui-la entre as irmãs, então saberei que diz a verdade – disse o rei e convocou as sete filhas, que logo se apresentaram vestidas com os mantos de penas, todas iguaizinhas.

– Se eu pegar cada uma delas pela mão, com certeza vou reconhecer minha esposa – disse o caçador.

Enquanto viveram juntos, ela havia costurado as túnicas do filho e os vestidos da filha, e o dedo indicador da mão direita tinha as marcas da agulha.

JOSEPH JACOBS

Ao tocar a mão de cada uma das donzelas-cisne, o caçador logo encontrou sua mulher e a reivindicou para si. O rei lhes ofereceu lindos presentes e os enviou por um caminho seguro até o sopé da Montanha de Cristal.

Pouco tempo depois, eles estavam em casa e viveram juntos e felizes para sempre.

Androcles e o leão

Há muito tempo na Roma Antiga, havia um escravo chamado Androcles, que escapou do seu senhor e fugiu para a floresta. Ele vagou por lá durante muito tempo, até que ficou exausto e quase morreu de fome e desespero. Foi então que ouviu um leão gemendo e rugindo perto dele, e, de vez em quando, a fera até soltava um urro estridente. Cansado, Androcles se levantou e começou a correr para longe do leão, mas ao atravessar os arbustos, tropeçou na raiz de uma árvore, caiu e se feriu; enquanto tentava se levantar, viu o leão vir em sua direção, mancando sobre três patas e com uma das patas dianteiras levantada. O pobre Androcles ficou desesperado, não tinha forças para se levantar e fugir, e lá estava o leão, aproximando-se cada vez mais. Mas, quando a enorme fera chegou perto, em vez de atacá-lo, continuou gemendo, rugindo e olhando para Androcles, que então percebeu que a pata direita levantada estava coberta de sangue e muito inchada.

Ao olhar mais de perto, Androcles viu um espinho enorme encravado na pata do leão e percebeu que era aquela a causa de tanto sofrimento. Depois de criar muita coragem, ele agarrou o espinho e o arrancou da pata da fera, que rugiu de dor na mesma hora, mas logo se sentiu tão aliviada que se aproximou de Androcles, gentil e calma, e demonstrou sua gratidão pelo alívio que sentia. Em vez de devorá-lo, o leão o presenteou com o filhote de cervo que havia matado, e Androcles preparou uma boa refeição com aquela carne. Durante algum tempo, o leão continuou trazendo a caça para Androcles, que acabou se afeiçoando muito pela enorme fera.

Mas, certo dia, um batalhão de soldados surgiu marchando pela floresta e encontrou Androcles e, como ele não conseguia explicar o que estava fazendo ali, levou-o como prisioneiro de volta para a cidade de onde havia fugido. Lá na cidade, o mestre de Androcles logo o encontrou e o levou às autoridades, e ele foi condenado à morte por ter fugido. Na época, era costume jogar os assassinos e outros criminosos aos leões em uma enorme arena, assim, enquanto eram punidos, o público desfrutava do espetáculo de um combate entre os criminosos e as feras selvagens. Então, Androcles foi condenado a ser jogado aos leões e, no dia marcado, foi levado para o centro da arena e deixado lá sozinho, com apenas uma lança para se proteger da fera. Naquele dia, o imperador estava no camarote real e deu o sinal para que o leão fosse solto e atacasse Androcles. Mas, quando a fera saiu da jaula e se aproximou dele, o que você acha que ela fez? Em vez de partir para cima de Androcles, o leão o afagou e o acarinhou com a pata, sem nem sequer tentar atacá-lo. Claro! Era o leão que Androcles tinha encontrado na floresta. O imperador, surpreso ao ver o comportamento estranho daquela fera tão cruel, chamou Androcles e lhe perguntou como era possível que aquele leão tivesse perdido todo o instinto de crueldade. Então, Androcles lhe contou tudo o que havia acontecido na floresta e que o leão lhe demonstrava gratidão por tê-lo livrado do espinho. Em seguida, o imperador perdoou Androcles e ordenou que o mestre o libertasse, e o leão foi levado de volta para a floresta e solto para desfrutar da liberdade mais uma vez.

Sonhando acordado

Era uma vez um homem em Bagdá que tinha sete filhos e, quando morreu, deixou para cada um deles cem dirrãs. O quinto filho, chamado Alnaschar, o Tagarela, investiu todo o dinheiro em vidraria e, depois de pôr tudo em uma grande bandeja para demonstrar os objetos à venda, sentou-se em uma banqueta aos pés de uma parede, contra a qual se recostou, e pôs a bandeja no chão à sua frente. Assim que se sentou, começou a sonhar acordado e disse a si mesmo:

– Gastei cem dirrãs com esta vidraria. Agora, sem dúvida, vou vendê-la por duzentos; depois, com o dinheiro que conseguir, vou comprar mais objetos de vidro e vender todos por quatrocentos, e não vou parar de comprar e vender até me tornar o senhor de muitas riquezas. Assim, comprarei todos os tipos de mercadorias, joias, perfumes e obterei muito lucro com as vendas, até que, se Alá quiser, conquistarei uma fortuna de cem mil dinares ou dois milhões de dirrãs. Depois, comprarei uma bela casa, com escravos, cavalos e arreios de ouro, comerei e beberei com fartura, e não haverá uma cantora sequer na cidade, pois as terei em casa cantando só para mim.

Ele disse aquilo tudo só de olhar para a bandeja que estava à sua frente com a vidraria que valia cem dirrãs. E continuou:

– Depois de acumular cem mil dinares, enviarei agentes matrimoniais para reivindicar a mão da filha do vizir em meu nome, pois ouvi dizer que ela é de beleza primorosa e de pureza inigualável. Darei à moça um dote de mil dinares e, se o pai dela consentir com o casamento, ótimo; se não, vou tomá-la à força mesmo assim. Ao voltar para casa, comprarei dez jovens escravos e roupas para mim, iguais às que reis e sultões usam, além de uma sela de ouro, adornada de joias preciosas. Então, montarei no cavalo e desfilarei pela cidade, com escravos abrindo caminho e mais escravos me seguindo enquanto o povo me saúda e invoca bênçãos sobre mim; depois disso, vou até o vizir, o pai da moça, com escravos atrás e adiante de mim, bem como à direita e à esquerda. Assim que me avistar, o vizir vai se levantar, dar-me seu lugar e se sentar abaixo de mim, pois sou seu genro. Terei comigo dois escravos, cada um carregando mil dinares em uma bolsa, e darei ao vizir os mil dinares pelo dote e outros mil dinares de presente para que ele possa reconhecer minha nobreza, generosidade, grandeza de espírito e a mesquinhez do mundo aos meus olhos; e a cada dez palavras que ele me disser, vou responder apenas com duas. Depois voltarei para casa e, se alguém vier até mim por parte da noiva, vou lhe dar um presente em dinheiro e vesti-lo com uma túnica de honra, mas se tal pessoa me trouxer um presente, não vou aceitá-lo e vou devolvê-lo para que todos saibam como minha alma é grande.

Depois de um tempo, Alnaschar ajeitou-se no banco e continuou a divagar:

– Então, ordenarei que tragam a filha do vizir até mim com grande pompa e cerimônia e deixarei a casa impecável para recebê-la. Na hora de desvelar a noiva, vou pôr minhas roupas mais finas, sentar-me em um sofá de seda brocada e, recostado em uma almofada, não desviarei o olhar nem para a direita nem para a esquerda, só para mostrar a superioridade da minha mente e a seriedade do meu caráter. Minha noiva deverá ficar diante de mim como a lua cheia, com todas as vestes e ornamentos, e eu, por orgulho e desdém, não olharei para ela, até que todos os presentes me digam: "Oh, mestre, tua esposa e tua criada está diante de ti! Digna-te olhar para ela, pois ficar em pé é cansativo". Então, beijarão o chão diante de mim muitas vezes e, só depois, levantarei os olhos, olharei para ela de relance e abaixarei a cabeça novamente. Vão levá-la até o aposento nupcial; enquanto isso, vou me levantar e trocar minhas roupas por um traje ainda mais sofisticado. Quando trouxerem a noiva pela segunda vez, não olharei para ela até que todos tenham me implorado várias vezes; então, vou olhar só de relance e abaixar a cabeça; assim permanecerei, até que tenham terminado com o desfile e a apresentação dela. Depois, ordenarei que um dos escravos pegue uma bolsa e a entregue às criadas, ordenando-lhes que levem a noiva até o aposento nupcial. Ao me deixarem a sós com a noiva, não olharei nem falarei com ela, apenas me sentarei ao seu lado, com a face desviada, para que ela saiba que tenho uma alma elevada. Logo, a mãe dela vai se aproximar e beijar-me a testa e as mãos e dizer: "Oh, meu senhor, olha para tua criada, pois ela almeja tua proteção. Cura o espírito dela". Contudo, não lhe responderei e, quando ela perceber isso, beijará meus pés e dirá: "Oh, meu senhor, é verdade que minha filha é uma donzela bonita que nunca vira um homem antes. Se lhe mostrares tanta aversão, o coração dela se partirá, mas serias misericordioso se falasses com ela". Então, a mãe irá se levantar e me servir uma taça de vinho; a filha pegará a taça e a levará até mim, mas a deixarei em pé na minha frente enquanto me reclino em uma almofada revestida com tecido de ouro, e não olharei para ela, só para lhe mostrar a superioridade do meu coração, assim a noiva pensará que sou um sultão de dignidade superior e dirá: "Oh, meu senhor, pelo amor de Alá, não te recuses a pegar a taça da mão desta tua serva, pois de fato sou tua criada". Mesmo assim, não falarei com ela, e ela me forçará a beber, dizendo: "Mas tens de beber", e levará a taça até meus lábios. Então, vou acertar um soco no rosto dela e a rejeitar, dando-lhe um pontapé, desse jeito.

Assim dizendo, ele deu um chute e acertou o pé na bandeja com os objetos de vidro, que caíram no chão e ficaram em pedacinhos.

Mantenha a calma

Havia uma vez um homem que tinha três filhos; depois de sua morte, os filhos tiveram de sair em busca de sustento. O mais velho partiu primeiro, deixando os outros dois em casa, e foi até um fazendeiro vizinho tentar conseguir algum trabalho.

– Muito bem, meu amigo – disse o fazendeiro –, posso lhe dar trabalho, mas com uma condição.

– Qual condição? – perguntou o jovem.

– Não tolero que ergam o tom de voz na minha fazenda. Deve sempre manter a calma e nunca perder a cabeça.

– Oh, não se preocupe com isso! Nunca perco a cabeça, ou quase nunca.

– Ah, mas se isso acontecer – disse o fazendeiro –, a condição é que vou arrancar uma tira de couro das suas costas, da nuca até a cintura, e fazer uma bela coleira para pôr no pescoço daquele meu cão ali.

– Não gosto nada disso. Então adeus, senhor, vou procurar trabalho em outro lugar – disse o rapaz.

– Calma aí, calma aí! – exclamou o fazendeiro. – Sou bastante justo. O que serve para um homem, serve para seu amo. Então, se eu perder a cabeça, estou disposto a deixar que arranque uma tira de couro das minhas costas.

– Bem, se é assim – disse o jovem –, concordo em ficar. Mas temos que fazer um acordo de fato.

Então, mandaram chamar o tabelião e registraram que, se qualquer um deles perdesse a cabeça e alterasse o tom de voz, deveria também perder uma tira de couro das costas. Mas não fazia nem uma semana que o filho mais velho estava lá quando o amo lhe deu uma tarefa tão difícil que o fez perder a cabeça e reclamar muito, e ele teve de ceder uma tira de couro das costas. O jovem voltou para casa e contou tudo aos irmãos.

Bem, os irmãos se enfureceram ao saber do que ele tinha sofrido. O filho do meio, então, foi até o mesmo fazendeiro na esperança de conseguir vingar o irmão. Mas a mesma coisa aconteceu, e ele teve de ceder uma tira de couro das costas, assim como acontecera com o irmão mais velho.

Agora, o terceiro filho, chamado Jack, pôs na cabeça que não seria maltratado como os irmãos. Então, foi até o fazendeiro e se comprometeu a servi-lo pelo mesmo ordenado e sob a mesma condição que os outros dois tinham aceitado.

Na primeira manhã em que Jack foi trabalhar, o amo lhe entregou um pedaço de pão velho e lhe ordenou que cuidasse das ovelhas.

– Isto é tudo o que terei para comer? – perguntou Jack.

– Ora, é sim – respondeu o amo. – Poderá jantar quando voltar para casa.

Jack estava prestes a se queixar.

– Calma aí, Jack, calma aí! – alertou o amo, apontando para as próprias costas.

Então, Jack engoliu seco e foi para o campo, mas, no caminho, encontrou um homem a quem vendeu uma das ovelhas por cinco xelins e comprou comida e bebida para a semana inteira.

Ao voltar para casa naquela noite, o amo começou a contar as ovelhas, quando percebeu que faltava uma.

Contos de fadas europeus

– Deixou uma das ovelhas fugir? – perguntou o amo.

– Não, não, senhor – respondeu Jack. – Eu a vendi para um homem que encontrei no campo.

– Não deveria ter feito isso sem minha permissão. Onde está o dinheiro?

– Ah, com o dinheiro eu comprei o que comer – disse Jack, mostrando-lhe o que havia comprado.

O amo estava prestes a ter um ataque de fúria.

– Calma aí, amo, calma aí! – alertou Jack, apontando para as próprias costas.

Então, o fazendeiro se lembrou da condição que havia estabelecido e se calou.

No dia seguinte, Jack recebeu ordens para levar os porcos ao mercado e vendê-lo, e, depois de cortar o rabo de todos eles, vendeu-os e embolsou o dinheiro; então, foi até um brejo próximo da fazenda e plantou os rabos lá.

Ao chegar à fazenda, o amo lhe perguntou se ele havia vendido os porcos.

– Não, eles correram para o brejo ao pé do vale – respondeu ele.

– Não acredito em você – disse o amo, prestes a ter um ataque de fúria.

– Calma aí, amo, calma aí!

Então, ele foi até o brejo com Jack e, ao ver os rabos dos porcos projetados para fora do lodo, aproximou-se e puxou um deles.

– Ora, você arrancou o rabo dos pobrezinhos – disse o amo, prestes a ter um ataque de fúria de novo.

– Calma aí, amo, calma aí! – alertou Jack, apontando para as próprias costas.

No dia seguinte, o amo não queria mandar Jack para fora da fazenda com os animais, senão ele poderia vendê-los para comprar comida.

– Jack, hoje quero que limpe os cavalos e os estábulos, por dentro e por fora – disse o amo.

– Está bem, amo.

Jack foi até o estábulo e o pintou de branco por dentro e por fora. Depois, foi até os cavalos, matou-os, tirou as entranhas, limpou-os por dentro e lavou as peles.

À noite, o amo foi ver como Jack estava se saindo com o trabalho e ficou maravilhado ao ver o estábulo tão limpo.

– Mas onde estão os cavalos? – perguntou o amo.

Jack apontou para os animais mortos atrás deles.

– Nossa, o que foi que você fez? – indagou o amo.

– Você me mandou limpar por dentro e por fora. Como poderia limpar os cavalos por dentro sem matá-los?

O amo estava quase tendo um ataque de fúria.

– Calma aí, amo, calma aí! – alertou Jack, apontando para as próprias costas.

No dia seguinte, o amo tinha mandado Jack sair com as ovelhas, mas, para evitar que o rapaz vendesse uma delas e usasse o dinheiro para comprar comida, mandou a mulher ir atrás dele e ordenou-lhe que espiasse Jack de detrás de uma moita e que o detivesse caso ele tentasse vender um animal. Jack viu a mulher do amo e não disse nada, nem tentou vender uma das ovelhas.

Ao sair com as ovelhas no outro dia, Jack levou a arma consigo.

– Ah, lobo, estou vendo você. – gritou Jack quando a mulher do fazendeiro se escondeu atrás da moita para espioná-lo.

Jack disparou a arma contra ela, atingindo-lhe na perna. A mulher gritou, e o amo correu até lá.

– Mas o que é isso, Jack? O que foi que você fez? – perguntou o amo.

– Ora, amo, pensei que era um lobo e atirei nele, nunca pensei que sua mulher estaria atrás da moita – respondeu Jack.

– Como se atreve a atirar na minha mulher, seu crápula! – gritou o amo.

– Não perca a cabeça, amo, não perca a cabeça! – alertou Jack.

Contos de fadas europeus

– Qualquer um perderia a cabeça se tivesse sua mulher baleada – retrucou o amo.

– Bem, então – disse Jack –, vou ter de arrancar uma tira de couro das suas costas.

Como havia testemunhas, o amo teve de deixar Jack arrancar-lhe uma tira de couro das costas.

Depois disso, Jack voltou para casa e para os irmãos.

O ladrão-mestre

Era uma vez um fazendeiro que tinha um filho chamado Will, e ele o mandou mundo afora para aprender um ofício e fazer fortuna. O rapaz não tinha ido muito longe quando foi abordado por um bando de ladrões.

– A bolsa ou sua vida! – gritaram os ladrões.

– É um jeito fácil de ganhar dinheiro. Eu também gostaria de ser ladrão – disse Will depois de entregar a bolsa.

Concordaram em aceitá-lo no bando se ele provasse ser capaz de fazer o serviço de um ladrão. Quando o próximo homem apareceu ali na floresta, mandaram Will para roubá-lo.

– A bolsa ou sua vida! – gritou Will ao se aproximar do homem.

O homem lhe entregou a bolsa, então Will tirou todo o dinheiro dela e o devolveu; depois, levou a bolsa para os ladrões do bando.

– Nossa, que sorte! – exclamaram os ladrões.

– Ah, foi bem fácil pegar a bolsa dele. Olha ela aqui.

– Mas cadê o dinheiro? – perguntaram eles.

– Bem, eu o devolvi ao homem. Vocês só me mandaram falar: "A bolsa ou sua vida".

CONTOS DE FADAS EUROPEUS

– Nunca será um ladrão – disseram eles depois de cair na gargalhada.

Will ficou envergonhado por fazer papel de bobo e decidiu que da próxima vez seria bem diferente.

Um dia, ele viu dois fazendeiros conduzindo uma manada até o mercado e disse aos ladrões que conhecia uma maneira de pegar o gado deles sem precisar lutar.

– Se conseguir fazer isso – disseram eles –, será um ladrão-mestre.

Então, Will seguiu na frente do bando, levando consigo uma corda bem forte, amarrou-a debaixo dos braços e depois se pendurou no galho de uma árvore à beira da estrada, de forma que parecesse ter sido enforcado.

– Um dos ladrões foi enforcado para servir de exemplo – disse um dos fazendeiros, quando se aproximaram com o gado.

Depois que se afastaram dali com o rebanho, Will desceu da árvore, correu por um atalho, ultrapassou os fazendeiros e se pendurou em uma árvore ao lado da estrada, como fizera antes.

– Meu Deus! Por que o mesmo ladrão está enforcado aqui de novo? – indagou um dos fazendeiros ao chegar mais perto.

– Oh, não é o mesmo ladrão – disse o outro fazendeiro.

– Sim, é – reafirmou o primeiro. – Vi que ele tinha um botão de chifre branco no casaco e veja, aí está o tal botão. Só pode ser o mesmo homem.

– Como é possível? – perguntou o outro. – Ele ficou quase um quilômetro para trás, enforcado, morto.

– Tenho certeza de que é ele.

– Tenho certeza de que não é.

– Bem, vamos dar uma boa olhada, depois voltamos até lá para ver se é o mesmo homem.

Então, enquanto os fazendeiros voltavam, Will pegou o gado e o levou até os ladrões, que admitiram que ele era um ladrão-mestre.

Will andou com os ladrões por vários anos e ganhou muito dinheiro, depois voltou para a fazenda do pai em uma carruagem guiada por dois cavalos arreados lado a lado.

Assim que chegou, o pai foi até a carruagem e fez uma reverência.

– A que devo a honra da sua visita, senhor? – perguntou ele.

– Oh, quero fazer algumas perguntas sobre um jovem chamado William que vivia nesta fazenda. O que houve com ele?

– Ah, não sei. É meu filho, mas não tenho notícias dele faz muitos anos. Acho que não sucedeu coisa boa com ele.

– Olhe para mim de perto e veja se me pareço com seu filho.

Logo o fazendeiro reconheceu Will, levou-o para a casa da fazenda e chamou a mulher para receber o filho de volta.

– Então, Will, voltou em uma carruagem com dois cavalos – disse ela. – Como foi que ganhou tanto dinheiro?

Ele contou à mãe que se tornara um ladrão-mestre, mas implorou que ela não contasse aquilo a ninguém e dissesse que ele era um explorador e tinha encontrado muito ouro.

Bem, no dia seguinte, uma vizinha fofoqueira chamou a mãe de Will e lhe perguntou quais eram as novidades sobre o filho e o que ele estava fazendo.

– Oh, Will mexe com roubo, quero dizer, com ouro. Na verdade, ele é um ladrão-mestre. Mas não pode contar isso para ninguém. Você promete, não é? – perguntou a mãe.

A fofoqueira prometeu, mas é claro que, assim que entrou em casa, contou a todos que Will era um ladrão-mestre.

Então, o lorde da vila logo soube daquilo e mandou chamá-lo.

– Ouvi dizer que é um ladrão-mestre. Sabe que pode ser punido com a morte, não é? Se puder provar que é mesmo um mestre na arte do roubo, vou deixá-lo partir. Primeiro, vejamos se consegue roubar meu cavalo do estábulo esta noite – disse o lorde.

Para evitar que o cavalo fosse roubado, o lorde ordenou que o animal fosse selado e que um cavalariço permanecesse montado nele a noite inteira.

Will pegou dois frascos com conhaque, despejou uma poção em um deles e, vestido como uma velha, foi ao estábulo do lorde bem tarde da noite e pediu para descansar lá, pois fazia frio e ela estava muito cansada.

O cavalariço apontou para a palha amontoada no canto e disse à mulher que poderia descansar um pouco ali.

Ao se sentar, a velha pegou um dos frascos de conhaque do bolso e bebeu.

– Ah, isso esquenta! Quer um pouco? – perguntou ela.

Quando o jovem respondeu que sim, Will lhe entregou o outro frasco e, depois de beber, o cavalariço caiu em um sono pesado e profundo.

Então, Will o tirou do cavalo e o colocou sobre a barra transversal do estábulo, como se ele estivesse montado, depois subiu no cavalo e foi embora.

De manhã, o lorde foi até o estábulo e viu que o cavalariço estava montado na barra transversal e que seu cavalo se fora.

– Sou ou não sou um ladrão-mestre? – perguntou Will, chegando ao estábulo no cavalo do lorde.

– Ah, roubar o cavalo não foi tão difícil. Vejamos se consegue roubar o lençol da minha cama esta noite. Mas, cuidado, se chegar perto do meu quarto, vou atirar em você.

Naquela noite, Will pegou um boneco, apoiou-o no topo de uma escada e, depois, posicionou a escada na janela do quarto do lorde.

Ao ver o boneco entrando pela janela, o lorde disparou a pistola e o boneco despencou. Ele correu escada abaixo e saiu da casa para ver se havia atingido Will.

Enquanto isso, Will foi até o quarto e, imitando a voz do lorde, disse à mulher dele:

– Minha querida, dê-me o lençol de nossa cama, vou cobrir o corpo daquele pobre ladrão-mestre.

Então, a mulher lhe entregou o lençol, e ele foi embora.

Na manhã seguinte, Will levou o lençol até o lorde.

– Foi um belo truque, admito. Mas se quiser mesmo provar que é um ladrão-mestre, traga o sacerdote dentro de um saco para mim, então vou reconhecer sua maestria – disse o lorde.

Naquela noite, Will pegou vários caranguejos e amarrou uma ponta de vela em cima de cada um deles, depois os levou ao cemitério, acendeu as velas e os soltou lá.

Ao ver as luzes se movendo no cemitério, o sacerdote da vila foi até a porta e as observou por um tempo.

– O que é isso? – gritou o sacerdote.

Naquele momento, Will estava vestido como um anjo.

– É o dia do Juízo Final e vim por ti, padre Lawrence, para te levar ao Paraíso. Vem para dentro deste saco e em pouco tempo estarás no lugar designado a ti.

O padre Lawrence rastejou para dentro do saco, e Will o arrastou consigo.

– Oh, devemos estar passando pelo purgatório – disse o padre ao sentir um solavanco.

Depois, Will o levou até o viveiro e o jogou no meio dos frangos, patos e gansos que estavam lá.

– Acho que estamos chegando perto dos anjos porque ouço o farfalhar das asas – disse o padre.

Então, Will foi até a casa do lorde, fez com que ele o acompanhasse até o viveiro e lá lhe mostrou o sacerdote no saco.

– Não sei como faz essas coisas, mas não posso afirmar que é realmente um ladrão-mestre, a menos que roube o meu cavalo quando eu estiver com ele. Se fizer isso, vou chamá-lo de mestre de todos os ladrões-mestres – disse o lorde.

Bem, no dia seguinte, Will se vestiu como uma velha, depois pegou uma carroça com um cavalo velho, pôs um barril de cerveja nela e saiu conduzindo a carroça enquanto mantinha o polegar no botoque do barril.

Contos de fadas europeus

Logo depois, encontrou o lorde a cavalo e ele lhe perguntou se tinha visto um homem parecido com Will de tocaia na floresta.

– Acho que sim – disse o próprio Will. – Poderia trazê-lo até você se quisesse, mas não posso sair de perto deste barril antes de encontrar uma torneira para pôr nele. Enquanto isso preciso manter o polegar no botoque.

– Oh, eu faço isso se trouxer aquele homem até mim. Pegue meu cavalo e vá atrás dele.

Will montou no cavalo do lorde e partiu, deixando o nobre com o polegar no botoque. O lorde esperou e esperou e esperou até que, finalmente, conduziu a carroça de volta para casa e lá viu ninguém menos que o próprio Will montado em seu cavalo.

– Você, sem dúvidas, é um ladrão-mestre. Siga seu caminho em paz – disse o nobre.

O marido invisível

Era uma vez um rei e uma rainha, como tantos outros, que tiveram três filhas, todas lindas, mas a mais bela era a caçula, chamada Anima. Um dia, as três irmãs brincavam no campo, e Anima avistou um arbusto com lindas flores. Como queria levá-lo para casa e plantá-lo no próprio jardim, ela colheu as flores puxando os galhos pela raiz, uma a uma. Finalmente, o arbusto cedeu e revelou uma escada debaixo dele que descia bem fundo na terra. Por ser corajosa e muito curiosa, sem avisar as irmãs, Anima desceu as escadas e percorreu um caminho muito longo, até que, por fim, chegou a céu aberto novamente, em uma terra que nunca vira antes, e dali avistou um palácio magnífico bem à frente, não muito distante de onde estava.

Anima correu até lá e, assim que chegou, bateu a aldrava, e a porta se abriu sozinha, sem que ninguém estivesse ali. Quando entrou, viu uma decoração luxuosa, com paredes de mármore e adornos valiosos, e, ao dar mais um passo, uma música adorável começou a tocar de repente e passou a acompanhá-la aonde quer que fosse. Por fim, Anima chegou a uma sala com sofás aconchegantes e, cansada de explorar, logo se jogou em um deles.

CONTOS DE FADAS EUROPEUS

Mal havia se deitado, quando uma mesa, deslizando sobre rodas, surgiu em sua direção, sem que ninguém a empurrasse, e sobre ela havia deliciosas frutas, bolos e bebidas frescas de todos os tipos. Anima comeu e bebeu até se saciar, depois caiu no sono e só acordou ao anoitecer. Então, surgiram dois grandes castiçais, cada um com três velas acesas, que pairaram no ar para, em seguida, pousar sobre as mesas perto de Anima, iluminando o ambiente para ela.

– Nossa, preciso voltar para a casa dos meus pais. Como farei isso? Como voltarei? – perguntou Anima a si mesma, muito preocupada.

– Fique comigo, seja minha noiva e terá tudo o que seu coração desejar – falou uma voz suave perto dela.

– Mas quem é você? Quem é você? Aproxime-se para que eu possa vê--lo – gritou Anima, tremendo de medo.

– Não, não, é proibido. Nunca poderá ver meu rosto ou teremos de nos separar, pois minha mãe, a rainha, não quer que eu me case.

Tão doce era aquela voz e tão triste Anima ficou, que consentiu com o casamento, e eles viviam felizes juntos, embora o marido nunca aparecesse antes de escurecer para que ela não pudesse vê-lo. Mas, depois de um tempo, Anima ficou aborrecida, mesmo vivendo com tanto esplendor e sentindo-se feliz, pois sentia saudade de sua família.

– Por favor, posso ir para casa para ver meu pai, minha mãe e minhas queridas irmãs? – perguntou Anima ao marido.

– Não, não, minha pequena – respondeu ele. – Se vir sua família outra vez, o mal cairá sobre nós e teremos de nos separar.

Mas ela continuou suplicando ao marido que a deixasse voltar até sua terra para visitar a família ou que, pelo menos, deixasse que viessem até lá para vê-la. Finalmente, ele consentiu e enviou uma mensagem convidando o pai, a mãe e as irmãs de Anima para passar alguns dias com ela, período em que ele teria de se ausentar.

85

O rei, a rainha e as duas irmãs foram até lá e ficaram maravilhados com o esplendor da nova casa de Anima e, principalmente, muito surpresos ao ver que eram servidos por mãos invisíveis, que faziam tudo o que desejassem. Mas logo as irmãs ficaram curiosas e com ciúmes, não podiam imaginar sobre o misterioso marido de Anima, além de invejá-la por ter um lar tão maravilhoso.

– Mas, Anima, como concordou em se casar com um homem sem nunca tê-lo visto antes? Deve haver alguma razão para ele nunca se mostrar, talvez seja deformado ou, então, em uma fera fora transformado – disse uma das irmãs.

– Ele não é uma fera. Disso tenho certeza. Precisam ver como é gentil comigo. Não me importa se não é tão bonito quanto imagino – disse Anima depois de rir.

Mesmo assim, as irmãs insistiam que tinha algo errado, já que havia um segredo, e, finalmente, conseguiram fazer com que sua mãe, a rainha, conversasse com Anima antes de partirem.

– Anima, acho justo e importante saber quem é o seu esposo. Espere até que ele durma, acenda uma lamparina e veja com seus próprios olhos – disse a mãe.

Depois, todos se despediram e partiram. Naquela mesma noite, o marido invisível retornou, mas Anima já havia providenciado uma lamparina a óleo e deixado uma brasa pronta para acendê-la. Assim que percebeu que o marido dormia a seu lado, ela acendeu o pavio para espiá-lo. Anima ficou encantada ao ver que ele era muito bonito, além de ter um corpo robusto e atraente. Mas, enquanto o admirava, sua mão tremeu de emoção e três gotas de óleo escorreram da lamparina que estava segurando e pingaram no rosto dele. Ao acordar e vê-la, o marido logo soube que ela quebrara a promessa.

– Oh, Anima! Oh, Anima! Por que você fez isso? Aqui nos separamos até que convença minha mãe, a rainha, a permitir que me veja de novo.

Depois disso, um estrondo de trovão ressoou, a lamparina se apagou e Anima caiu no chão, desfalecida. Ao acordar, o palácio havia sumido, e ela estava em um pântano muito, muito sombrio. Anima caminhou sem parar até chegar a uma casa na beira da estrada onde uma velhinha a recebeu e lhe ofereceu algo para comer e beber, depois perguntou como ela tinha ido parar lá. Então, Anima lhe contou tudo o que havia acontecido.

– Casou com meu sobrinho, filho de minha irmã, e temo que ela nunca a perdoe. Mas seja corajosa, vai até lá e reivindica o seu marido. A rainha terá de abrir mão dele se você conseguir fazer tudo o que ela exigir de ti. Pega este galho. Se minha irmã lhe pedir o que acredito que vá pedir, bate no chão com ele três vezes e receberá ajuda – orientou a senhora.

Depois, ela indicou a Anima o caminho a seguir até encontrar a mãe do marido e, como era muito distante, deu-lhe instruções de onde poderia encontrar uma outra irmã que a ajudaria também. Então, no meio do caminho, Anima parou em outra casa onde havia outra velhinha, a quem ela contou toda a história, e aquela senhora, irmã da rainha, entregou-lhe uma pena de corvo e explicou como usá-la.

Finalmente, Anima chegou ao palácio da rainha, mãe do marido invisível, e exigiu vê-lo assim que se apresentou diante dela.

– Oh, reles mortal – censurou a rainha –, como ousaste casar com meu filho?

– Foi escolha dele – respondeu Anima –, e agora sou sua esposa. Decerto vai me deixar vê-lo de novo.

– Bem – disse a rainha –, se conseguir fazer o que vou exigir de você, então verá meu filho novamente. Primeiro, vá até aquele celeiro onde os idiotas dos meus criados juntaram todo o trigo, a aveia e o arroz em um único monte enorme. Se até o anoitecer conseguir separar todos os grãos em três montes, talvez eu possa atender seu pedido.

Anima foi levada até o grande celeiro da rainha e lá estava o enorme monte de grãos, todos misturados, então a deixaram ali sozinha e trancaram a porta. Ela se lembrou do galho que a irmã da rainha lhe dera e bateu no chão com ele três vezes. Milhares de formigas surgiram do solo e começaram a trabalhar no monte de grãos, algumas delas carregavam o trigo para um canto, outras carregavam a aveia para outro, e o restante carregava os grãos de arroz para um terceiro canto. Ao cair da noite, todos os grãos estavam separados e, quando a rainha foi até lá para liberar Anima, viu que a tarefa fora cumprida.

– Você teve ajuda! – esbravejou ela. – Veremos amanhã se conseguirá fazer algo sozinha.

No dia seguinte, a rainha a levou até um grande sótão no topo do palácio, abarrotado de penas de gansos, patos e cisnes, e do armário pegou doze colchões.

– Vês esses colchões? Até o final do dia deverás encher quatro deles com penas de cisne, quatro com penas de pato e o restante com penas de gansos. Faça isso e, então, veremos.

Depois, deixou Anima lá e trancou a porta atrás de si. Anima se lembrou de que a outra irmã da rainha lhe dera uma pena de corvo, então a pegou e a agitou três vezes no ar. Sem demora, pássaros e mais pássaros entraram pelas janelas, cada um deles pegava um dos diferentes tipos de penas e as colocava nos colchões, assim, muito antes de anoitecer, os doze colchões estavam cheios como a rainha tinha ordenado.

Mais uma vez, ao cair da noite, a rainha foi até lá e viu que a segunda tarefa estava cumprida.

– De novo recebeu ajuda! Amanhã, terá uma tarefa que só você poderá realizar – disse ela.

No dia seguinte, a rainha a convocou novamente e lhe entregou um pequeno frasco e uma carta.

– Leva isso para minha irmã, a rainha do Submundo, e traz de volta em segurança o que ela lhe entregar. Então, talvez eu a deixe ver meu filho.

– Como posso encontrá-la? – perguntou Anima.

Contos de fadas europeus

– Deve descobrir sozinha – respondeu a rainha e se foi.

A pobre Anima não sabia para onde ir, mas, enquanto caminhava, a voz de alguém invisível sussurrou:

– Leve uma moeda de cobre e um pão contigo. Desça aquele enorme desfiladeiro até chegar a um rio profundo. Lá verá um homem velho transportando pessoas para o outro lado do rio. Põe a moeda entre os dentes, deixa que o velho a pegue e ele a levará para o outro lado, mas não lhe dirija a palavra. Então, do outro lado, encontrará uma caverna escura com um cão selvagem na entrada. Dê-lhe o pão, e ele a deixará passar, e logo você encontrará a rainha do Submundo. Pegue o que ela lhe entregar, mas tome cuidado para não comer nada nem se sentar enquanto estiver dentro da caverna.

Ela reconheceu a doce voz do marido e fez tudo o que ele lhe dissera até chegar à rainha do Submundo, que logo leu a carta que Anima lhe entregou. Então, a rainha lhe ofereceu bolo e vinho, mas ela recusou, balançando a cabeça, sem dizer nada. Depois, entregou-lhe um porta-joias curioso, de metal forjado.

– Peço-lhe que leve isso para minha irmã, mas cuidado para não o abrir durante o percurso ou um mal poderá lhe acontecer – disse a rainha do Submundo, depois a dispensou.

Anima começou a jornada de volta, passou pelo grande cão e cruzou o rio sombrio. Quando estava atravessando a floresta, não conseguiu resistir à tentação de abrir o porta-joias e, ao fazer isso, saltaram dele várias bonequinhas, que começaram a dançar ao redor de Anima e a divertiram muito com suas peraltices. Como logo anoiteceria, ela quis colocá-las de volta no porta-joias, mas as bonecas fugiram e se esconderam atrás das árvores, então, logo percebeu que não conseguiria pegá-las de novo. Anima se sentou no chão e chorou e chorou e chorou, mas, finalmente, ouviu a voz do marido de novo.

– Viu só o que a curiosidade mais uma vez lhe custou? Não poderá levar o porta-joias para minha mãe do jeito que o recebeu de minha tia, a rainha do Submundo. Por isso, não nos veremos de novo.

Ao ouvir aquilo, Anima começou a chorar e se lamentar de forma tão comovente que ele teve pena dela.

– Vê o galho de ouro naquela árvore ali? Arranca-o e bate no chão com ele três vezes e vê o que vai acontecer – disse a voz do marido.

Anima fez o que ele disse e logo as bonequinhas voltaram correndo detrás das árvores e pularam de livre vontade para dentro do porta-joias; Anima, sem demora, fechou-o e levou-o para a rainha, mãe do marido.

A rainha abriu a caixa e, ao ver todas as bonequinhas dentro dela, riu bem alto.

– Sei quem te ajudou. Não há mais nada que eu possa fazer. Suponho que deve mesmo ficar com meu filho – disse ela.

Assim que a rainha disse aquilo, o marido de Anima apareceu, levou-a de volta ao palácio, e eles viveram felizes para sempre.

A donzela-mestre

Era uma vez um rei e uma rainha, que tiveram um menino formoso e o amavam mais que tudo. Um dia, quando ele já havia se tornado um jovem e belo príncipe, seu pai, o rei, saiu para caçar e se perdeu na floresta. Assim que conseguiu atravessá-la, o rei se deparou com um riacho de correnteza furiosa que o separava do palácio. Não sabia como voltar para casa, mas de repente um gigante enorme surgiu da mata.

– O que me daria se eu o carregasse até o outro lado? – perguntou o gigante.

– Qualquer coisa, qualquer coisa que pedir – respondeu o rei.

– Vai me dar a primeira coisa que for ao seu encontro quando chegar ao portão do palácio?

O rei pensou por um tempo e depois se lembrou de que toda vez que chegava ao portão do palácio seu cão de caça favorito, um galgo chamado Bevis, vinha recebê-lo. Então, embora lamentasse perder o cão, achou que valia a pena e concordou com o gigante.

O gigante pôs o rei sobre os ombros, atravessou o riacho caudaloso e o deixou na margem com segurança.

– Não se esqueça do que me prometeu – avisou o gigante antes de retornar para o outro lado.

O rei logo encontrou o caminho para o palácio, e, quando chegou ao portão, seu filho, o príncipe Edgar, estava lá e, antes mesmo que o cão Bevis ameaçasse sair correndo para receber o mestre, o príncipe já havia desembestado na direção do pai e o agarrou pela mão. O rei ficou bastante assustado, mas pensou consigo mesmo: "Ah, mas como o gigante vai saber quem veio me encontrar? Afinal de contas, eu pretendia dar Bevis para ele, e é isso que farei quando ele aparecer".

No dia seguinte, o gigante foi até os portões do castelo e pediu para ver o rei.

– Vim por causa da sua promessa – disse o gigante ao se apresentar diante dele.

– Tragam Bevis, o cão – ordenou o rei aos criados.

– Nada disso. Não quero saber do cão. Quero o príncipe.

O rei ficou alarmado ao ver que o gigante sabia quem tinha o encontrado no portão, mas lhe disse que o príncipe não estava lá e que mandaria alguém chamá-lo. Então, convocou o mordomo-mor e lhe pediu que vestisse o jovem pastor de gado do palácio com as roupas do príncipe. Assim que isso foi feito, o rei entregou o rapaz ao gigante, que o içou até o ombro e se foi a passos largos.

Quando já tinham se afastado um pouco, o jovem, vestido com as roupas do príncipe, gritou:

– Pare, pare, estou com fome! Esta é a hora que o gado descansa e que eu almoço.

Então, o gigante percebeu que tinha sido enganado e voltou para o palácio.

– Pegue seu pastor de volta e me entregue o príncipe – disse o gigante ao rei.

CONTOS DE FADAS EUROPEUS

O rei ficou surpreso mais uma vez ao ver que o gigante havia descoberto sua artimanha, mas pensou consigo mesmo: "Bem, já que ele não percebeu no ato, tentaremos de novo", e ordenou ao mordomo que vestisse o jovem pastor de ovelhas com as roupas do príncipe e o entregasse ao gigante.

Outra vez o gigante se foi a passos largos, levando o pastor vestido com as roupas do príncipe sobre o ombro, e não tinham ido muito longe quando o rapaz gritou:

– Pare, pare, é hora do almoço! É agora que todas as ovelhas descansam.

Então, novamente, o gigante percebeu que tinha sido enganado e voltou furioso para o palácio real.

– Pegue seu pastor de volta e me dê o príncipe que prometeu, ou vai pagar caro por querer me enganar! – esbravejou ele, depois de jogar o pastor de ovelhas no chão.

Daquela vez, o rei não se atreveu a enganá-lo, chamou o príncipe Edgar e o entregou ao gigante, que o agarrou e o colocou no ombro, como fizera antes.

Depois de terem se afastado um pouco, o príncipe gritou:

– Vamos parar! É a hora que sempre almoço com meu pai, o rei, e minha mãe, a rainha.

Então o gigante soube que aquele era mesmo o príncipe e o levou para seu castelo. Ao chegarem lá, o gigante lhe deu o jantar, depois disse que ele teria de trabalhar e que a primeira tarefa seria limpar o estábulo no dia seguinte.

"Não é tanto trabalho assim", pensou o príncipe e foi para a cama, feliz e tranquilo.

No dia seguinte, o gigante levou Edgar até o enorme estábulo que estava amontoado de palha e sujeira.

– Tire toda a palha do estábulo antes de anoitecer – disse o gigante, apontando para um forcado, depois o deixou lá com aquela tarefa.

O príncipe, pensando que era algo fácil de se fazer, foi tomar água no poço antes de começar a tarefa e viu a mais linda donzela sentada ali, tricotando.

– Quem é você? – perguntou ela.

Então, Edgar lhe contou tudo o que tinha acontecido.

– De qualquer forma, tenho um bom amo. Ele só me ordenou que limpasse o estábulo – concluiu o príncipe.

– Não é tão fácil como você pensa – disse a donzela. – Como vai fazer isso?

– Com um forcado.

– Vai descobrir que não é tão fácil assim. Se tentar usar o forcado na posição normal, quanto mais empurrar a palha, mais haverá; mas vire o forcado ao contrário, empurre-a com o cabo e toda a palha e a sujeira vão se amontoar.

Então, o príncipe Edgar voltou ao estábulo e, como era de se esperar, quando tentava empurrar a palha com o garfo, ainda mais palha surgia; mas se a empurrasse com o cabo, a palha se amontoava e, assim, logo ele conseguiu limpar o estábulo.

Quando o gigante voltou para o castelo, foi logo verificar o trabalho do príncipe no estábulo e, para sua surpresa, tudo estava bem limpo.

– Ah, falou com a donzela-mestre! Bem, amanhã vai cortar as árvores daquele bosque – disse o gigante.

– Está bem, amo – concordou o príncipe, pensando que não seria difícil.

Mas, na manhã seguinte, o gigante lhe entregou um machado de vidro e lhe ordenou que cortasse todas as árvores antes do anoitecer. Depois que ele se foi, o príncipe procurou a donzela-mestre e lhe contou sobre a tarefa.

– Não vai conseguir cortar as árvores com esse machado, mas não se preocupe, posso ajudá-lo. Durma aqui, sossegado, e, ao acordar, vai ver o que terá acontecido.

Então, o príncipe Edgar confiou na donzela-mestre, deitou-se e dormiu até o final da tarde. Quando acordou e olhou em volta, lá estavam todas as árvores cortadas e a donzela-mestre sorrindo ao lado delas.

– Como fez isso? – perguntou ele.

– Não posso dizer, mas está feito e você não precisa mais se preocupar.

Ao voltar para o castelo, prontamente o gigante foi até o bosque de árvores para conferir e, para sua surpresa, todas as árvores estavam cortadas.

– Ah, falou com a donzela-mestre – disse o gigante outra vez.

– Quem é ela? – perguntou o príncipe.

– Sabe muito bem! – respondeu o gigante. – Se não fosse por ela, não conseguiria cortar as árvores com aquele machado de vidro.

– Não sei do que está falando. De qualquer forma, aí estão as árvores cortadas. O que mais você quer?

– Ora, ora, quero só ver se amanhã vai conseguir cumprir minha ordem – resmungou o gigante, sem dizer qual seria a tarefa do dia seguinte.

Quando amanheceu, o gigante apontou para a árvore mais alta da floresta diante deles e disse ao príncipe:

– Vê aquele ninho de pássaros no topo daquela árvore? Há seis ovos nele. Suba lá e pegue todos os ovos para mim antes do anoitecer. E se quebrar um deles... ai de você!

Edgar não ficou muito feliz com aquela tarefa, pois não havia galhos na árvore, só alguns bem perto do topo, e ela era tão lisa, mas tão lisa, que ele não via um jeito de alcançar o ninho de pássaros. Mas quando o gigante foi embora, o príncipe correu até a donzela-mestre e lhe contou sobre a nova tarefa.

– Essa é a ordem mais difícil de todas – disse a donzela-mestre. – Só existe uma maneira de realizar essa tarefa. Deve me cortar em pedacinhos, retirar todos os ossos do meu corpo, depois montar uma escada com eles e, com essa escada, vai conseguir subir até o topo da árvore.

– Jamais vou fazer uma coisa dessas! – disse o príncipe. – Você tem sido tão boa para mim, e eu devo lhe fazer mal? Em vez disso, prefiro ser castigado pelo gigante por não cumprir a tarefa.

– Vai ficar tudo bem – disse a donzela-mestre. – Assim que trouxer o ninho aqui para baixo, tudo o que precisará fazer é juntar meus ossos e borrifá-los com a água deste frasco, então ficarei inteirinha de novo, como antes.

Depois de muita insistência, o príncipe concordou em fazer o que a donzela-mestre dissera e montou uma escada com os ossos dela, subiu até o topo da árvore, pegou o ninho com os seis ovos, depois juntou os ossos de novo, mas se esqueceu de colocar um ossinho de volta no lugar.

Ao borrifar os ossos com a água, a donzela-mestre se levantou diante dele, igual a antes, exceto pelo dedo mindinho da mão esquerda que estava faltando.

– Ah, por que não fez o que eu disse… por que não colocou todos os ossos no lugar certo? Você se esqueceu do meu dedinho. Vou passar o resto da vida sem ele – disse a donzela, chorando.

Ao voltar para o castelo, o gigante perguntou ao príncipe:

– Onde está o ninho de pássaros?

Então, o príncipe lhe entregou o ninho com todos os ovos intactos.

– Ah, falou com a donzela-mestre de novo – disse o gigante.

– Quem é essa tal donzela-mestre? – perguntou o príncipe. – Aí estão os ovos. O que mais você quer?

– Bem, como a donzela-mestre ajudou você até agora, ela pode muito bem ajudá-lo sempre. Vai se casar com ela hoje e dormir na minha própria cama de dossel – concluiu o gigante.

O príncipe, muito contente com o acordo, foi procurar a donzela-mestre e contou-lhe o que o gigante tinha dito.

– Você não sabe o que ele pretende com isso. O dossel se enroscaria em nós feito uma serpente e nos esmagaria. Estaríamos mortos antes do amanhecer – disse ela, chorando. – Preciso pensar, preciso pensar.

CONTOS DE FADAS EUROPEUS

Então, a donzela-mestre pegou uma maçã, dividiu-a em seis partes e colocou duas partes ao pé da cama, duas na porta do quarto e as outras duas ao pé da escada.

Ao anoitecer, a donzela-mestre e o príncipe subiram para o quarto onde estava o dossel, mas, assim que escureceu, rastejaram escada abaixo e foram para o estábulo, escolheram dois dos cavalos mais velozes que havia lá e partiram o mais rápido que puderam.

O gigante esperou passar algum tempo, depois que eles tinham subido para o quarto, e então gritou:

– Estão dormindo?

– Ainda não, ainda não! – gritaram os dois pedaços de maçã ao pé da cama.

Depois de esperar mais um pouco, o gigante gritou de novo:

– Estão dormindo?

– Ainda não, ainda não! – gritaram os pedaços de maçã que estavam perto da porta.

Por fim, pela terceira vez, o gigante gritou:

– Estão dormindo?

– Ainda não, ainda não! – responderam os pedaços de maçã ao pé da escada.

Então, ele percebeu que a voz vinha de fora do quarto e subiu correndo até lá, mas descobriu que Edgar e a noiva haviam partido. O gigante disparou até o estábulo, pegou o grande Dapplegrim, um cavalo malhado, e cavalgou atrás deles.

A donzela-mestre e o príncipe Edgar tinham conseguido uma boa vantagem, mas, depois de um tempo, ouviram o pisoteio dos cascos do grande Dapplegrim.

– É o gigante. Ele vai nos alcançar em pouco tempo, precisamos fazer algo para nos salvar – disse a donzela.

Ela saltou do cavalo e pediu ao príncipe que saltasse também. Então, pegou três gravetos, jogou-os para trás com algumas palavras mágicas, e eles cresceram e cresceram e cresceram, até se tornarem uma floresta vasta e densa. A donzela-mestre e Edgar montaram nos cavalos de novo e partiram o mais rápido que puderam.

Ao se deparar com a floresta, o gigante precisou pegar o machado que tinha preso na cintura e abrir caminho através da vastidão de árvores; assim, Edgar e a donzela-mestre ganharam mais tempo. Mas logo ouviram o pisoteio de Dapplegrim bem atrás deles de novo, então a donzela pegou o machado de vidro que o gigante tinha dado a Edgar no segundo dia e o jogou para trás com algumas palavras mágicas. Uma enorme montanha de vidro surgiu atrás deles, e o gigante teve de parar e abrir caminho com cuidado para atravessá-la.

Edgar e a donzela-mestre continuaram cavalgando em alta velocidade, mas ouviram Dapplegrim pisoteando atrás deles mais uma vez, então ela pegou o frasco de água que carregava na cintura, lançou-o para trás e, daquela água, um imenso riacho se formou.

Ao se deparar com o riacho, o gigante tentou forçar Dapplegrim a nadar até o outro lado, mas o cavalo se recusou; então, ele se deitou na margem e começou a beber toda a água do riacho. E bebeu e bebeu e bebeu, até que, finalmente, engoliu tanta água que explodiu; e esse foi o fim do gigante.

Enquanto isso, Edgar e a donzela-mestre cavalgaram a toda velocidade, em um ritmo frenético, até que chegaram a um ponto de onde conseguiam avistar o palácio do rei, pai de Edgar.

– Vou na frente para contar aos meus pais tudo o que fez por mim. Vão recebê-la como uma filha – disse Edgar.

– Faça como quiser, mas tome cuidado e não deixe que ninguém o beije antes de me ver de novo – pediu ela, depois de assentir com tristeza.

– Não quero os beijos de ninguém mais, senão os seus – disse o príncipe, depois a deixou em uma cabana à beira da estrada e foi ao encontro do rei e da rainha.

Contos de fadas europeus

Quando Edgar chegou ao portão do palácio, todos ficaram surpresos ao vê-lo, pois pensavam que havia sido morto pelo gigante. Assim que o levaram até a rainha, sua mãe, ela correu e o beijou, antes mesmo que ele pudesse dizer não.

Logo que a mãe o beijou, todas as lembranças que tinha da donzela-mestre desapareceram da mente dele. Quando contou à mãe e ao pai o que fizera no castelo do gigante e como havia escapado, ele nada disse sobre a ajuda que recebeu da donzela.

Pouco depois, o rei e a rainha arranjaram o casamento do príncipe Edgar com uma princesa de um dos mais importantes países vizinhos, e ela foi levada ao palácio do rei com grande pompa e cerimônia. Um dia depois do casamento, enquanto passeava pelos arredores do castelo, a princesa passou pela cabana onde a donzela-mestre morava.

Naquele dia, a donzela-mestre estava usando um lindo vestido de fina seda e, assim que o viu, a esposa do príncipe foi até ela.

– Gostaria de comprar esse vestido. Não o venderia para mim? – perguntou a princesa.

– Sim – respondeu a donzela-mestre –, mas a um preço que você provavelmente não vai pagar.

– O que quer em troca dele?

– Quero passar uma noite nos aposentos do seu marido, o príncipe Edgar.

A princípio, a princesa nem sequer considerou tal acordo, mas depois de refletir sobre o assunto, teve uma ideia.

– Bem, terá o que deseja – concordou a princesa e se foi com o vestido de seda.

Mas à noite, quando a donzela-mestre foi ao palácio e reivindicou a recompensa, a princesa despejou um pouco de poção do sono na taça de Edgar.

99

Ao entrar nos aposentos de Edgar, a donzela-mestre se curvou sobre a cama e clamou:

Limpei o curral por ti,
Brandi o machado por ti,
E agora nem uma palavra tens para mim.

Mesmo assim, Edgar continuou dormindo e, pela manhã, a donzela--mestre teve de partir sem falar com ele.

No dia seguinte, ao sair para ver o que a donzela-mestre estava fazendo, a princesa a viu usando um luxuoso vestido prateado.

– Venderia esse vestido para mim? – perguntou a princesa.

– Sim, mas tem um preço – respondeu a donzela-mestre.

– Qual é?

– Uma noite nos aposentos do príncipe Edgar.

A princesa sabia que nada tinha acontecido na noite anterior, então concordou em deixá-la passar mais uma noite com o marido. Tudo aconteceu como antes e, quando a donzela-mestre entrou nos aposentos, curvou-se sobre Edgar, deitado na cama, e clamou:

Dei meus ossos por ti,
Dividi as maçãs por ti,
E ainda nem uma palavra tens para mim.

E, ao amanhecer, teve de deixá-lo, sem que ele tivesse acordado.

Mas, daquela vez, mesmo dormindo, o príncipe Edgar tinha ouvido alguma coisa do que ela dissera e, ao acordar, perguntou ao camareiro o que acontecera durante a noite. O camareiro lhe contou que uma donzela estivera em seus aposentos e cantara para ele por duas noites seguidas, mas que ele não tinha respondido.

CONTOS DE FADAS EUROPEUS

No dia seguinte, a princesa procurou a donzela-mestre de novo. Daquela vez, ela usava um reluzente vestido dourado e, em troca dele, a princesa concordou em deixá-la passar mais uma noite nos aposentos do príncipe.

Imaginando o que havia acontecido, o príncipe jogou fora a taça de vinho na qual a princesa tinha despejado a poção do sono e estava acordado na cama quando a donzela-mestre entrou. Ela se curvou sobre ele e clamou:

Fiz brotar a floresta por ti,
Fiz a montanha de vidro por ti,
Por ti, um riacho jorrou do meu frasco mágico,
E, ainda assim, não acordas e nem uma palavra tens para mim.

Mas o príncipe Edgar se levantou da cama e reconheceu a donzela-mestre. Depois de recobrar a memória, chamou o pai e a mãe e lhes contou tudo o que havia acontecido.

Então, a princesa foi enviada de volta para casa, Edgar se casou com a donzela-mestre, e eles viveram felizes para sempre.

O visitante do Paraíso

Era uma vez uma mulher, muito boa, mas simples, que fora casada duas vezes. Um dia, enquanto seu segundo marido estava no campo, um mendigo exausto chegou se arrastando à porta e lhe pediu um copo de água. Depois de servir água, como era uma bela bisbilhoteira, a mulher perguntou de onde ele vinha.

– De Paris – respondeu o homem.

A mulher era um pouco surda e entendeu que o homem vinha do Paraíso.

– Do Paraíso! Encontrou meu pobre e amado marido lá? Que Deus o tenha!

– Como ele se chamava? – perguntou o homem.

– Ora, John Goody, claro! – disse a mulher. – Você conheceu o John no Paraíso?

– Quê? John Goody! – exclamou o homem. – Eu era unha e carne com ele.

– Ele está bem? Será que precisa de algo? – perguntou a mulher. – Acho que no Paraíso se tem de tudo, não é?

– De tudo? Ora, olhe só para mim – disse o homem, apontando para os trapos e farrapos que vestia. – Tratam alguns de nós como maltrapilhos lá em cima.

– Valha-me Deus! Que horror! Você acha que vai voltar para lá?

– Voltar para o Paraíso, madame? Com certeza! Temos que ir para lá todas as noites, às dez horas.

– Bem, talvez possa levar algumas coisas para meu pobre John – disse a mulher.

– Claro, madame, fico feliz em ajudar meu velho amigo John.

Então, a mulher entrou, juntou um monte de roupas, um cachimbo de cabo longo, três garrafas e mais uma jarra de cerveja, e entregou tudo ao homem.

– Mas, por favor, madame, não consigo carregar tudo isso sozinho. Não tem um cavalo ou um burro que eu possa levar comigo para carregar as coisas? Trago o animal de volta amanhã – disse o homem.

– Nosso velho Pangaré está no estábulo. Não posso lhe emprestar a égua, Juniper, porque meu marido está lavrando a terra com ela agora – respondeu a mulher.

– Ah, bem, o Pangaré já me ajudará muito, e é só até amanhã.

Então, a mulher pegou o Pangaré no estábulo e o selou, e o homem pegou as roupas, a cerveja e o cachimbo e foi embora com tudo.

Pouco depois, o marido voltou para casa.

– O que aconteceu com o Pangaré? Ele não está no estábulo – perguntou ele.

Então, a mulher lhe contou tudo o que havia acontecido.

– Não gosto nada dessa história. Como podemos saber se o mendigo vai mesmo para o Paraíso? E como podemos ter certeza de que vai trazer o Pangaré amanhã? Vou selar a Juniper e pegar as coisas de volta. Para que lado ele foi?

O marido selou a égua e cavalgou atrás do mendigo, que o avistou de longe e logo imaginou o que tinha acontecido. Então, apeou do Pangaré, escondeu-o em um aglomerado de árvores perto da estrada e depois se deitou de costas, olhando para o céu.

– O que está fazendo aí? – perguntou o fazendeiro quando se aproximou e apeou de Juniper.

– Nossa, aconteceu uma coisa engraçada – respondeu o homem. – Um sujeito passou por aqui montado em um cavalo, com algumas roupas e outras coisas e, quando estava lá no topo da colina, ele simplesmente deu um grito e o cavalo subiu direto para o céu. Eu estava aqui, só vendo isso quando você chegou.

– Ah, está certo então. Ele foi para o Paraíso, com certeza – disse o fazendeiro antes de voltar até a mulher.

No dia seguinte, os dois esperaram que o homem trouxesse o Pangaré de volta, mas ele não apareceu naquele dia, nem no dia seguinte, nem no outro.

– Minha querida, fomos enganados! Mas vou encontrar aquele sujeito, nem que precise vasculhar o reino inteiro. E você deve vir comigo, já que o conhece – disse o fazendeiro.

– Mas o que vamos fazer com a casa? – perguntou a mulher. – Você sabe que existem ladrões por aqui e, enquanto estivermos fora, eles vão roubar minha porcelana chinesa.

– Ah, está bem então. Quem vigia a porta, vigia a casa. Vamos levar a porta junto, e ninguém vai conseguir entrar aqui.

Ele tirou a porta das dobradiças, colocou-a nas costas, e os dois saíram à procura do visitante do Paraíso. Caminharam e caminharam e caminharam até o anoitecer, e não sabiam o que fazer para se abrigarem.

– Tem uma boa árvore ali. Vamos subir e empoleirar nos galhos como os pássaros – disse o homem.

Então, levaram a porta para cima da árvore com eles e se deitaram em cima dela para dormir, no maior conforto que poderiam conseguir.

Aconteceu que um bando de ladrões tinha acabado de invadir e saquear um castelo próximo dali e foram dividir o espólio debaixo daquela árvore. Quando estavam definindo quanto cada um deveria receber, começaram a brigar e acordaram o fazendeiro e a mulher. Os dois ficaram tão assustados ao ouvirem a briga ali embaixo que tentaram subir mais para o alto da árvore e acabaram deixando a porta cair bem na cabeça dos ladrões.

– O céu está desabando! – gritaram os ladrões e fugiram de tanto medo.

O fazendeiro e a mulher desceram da árvore, recolheram todo o espólio, foram para casa e viveram felizes para sempre.

Quer dizer, felizes para sempre enquanto viveram.

De volta à prisão

Um dia, um homem que caminhava pela floresta viu algo preto, estranho, parecendo um chicote debaixo de uma grande pedra. Ele ficou curioso para saber o que era aquilo. Então, ergueu a pedra e encontrou ali uma enorme serpente negra se contorcendo.

– Ufa, que bom! – disse a serpente. – Estou tentando sair daqui há dois dias e, nossa, estou morrendo de fome. Preciso comer alguma coisa e, como não tem ninguém por aqui, vou comer você.

– Mas isso não é justo – disse o homem com a voz trêmula. – Se não fosse por mim, você nunca teria saído debaixo da pedra.

– Não ligo para isso – disse a serpente. – A autopreservação é a primeira lei da vida. Pergunte a qualquer um se isso não é verdade.

– Qualquer um vai dizer que a gratidão vem em primeiro lugar e, é óbvio, que me deve um obrigado por salvar sua vida.

– Mas se eu morrer de fome, não terá salvado minha vida – argumentou a serpente.

– Ah, sim, salvei sim! – disse o homem. – Você só precisa esperar um pouco até encontrar algo para comer.

CONTOS DE FADAS EUROPEUS

– Mas posso morrer enquanto espero; então, de nada adiantaria ter sido salva!

Eles discutiram por muito tempo, na tentativa de decidir se era um caso ganho pelo dever de gratidão ou pelos direitos de autopreservação, até que não tinham mais o que dizer e não sabiam o que fazer.

– Eu lhe digo o que vou fazer – disse a serpente. – Vou deixar o primeiro que passar decidir o que é certo.

– Mas não posso deixar que minha vida seja decidida pelo primeiro que passar por aqui.

– Bem, então vamos perguntar aos dois primeiros que passarem.

– Talvez eles não tenham a mesma opinião – disse o homem. – O que faríamos então? Acabaríamos sem uma solução.

– Ah, está bem – disse a serpente –, que sejam os três primeiros. Em todos os tribunais, são necessários três juízes para realizar uma sessão. Vamos decidir pela maioria dos votos.

Então, os dois esperaram, até que, finalmente, apareceu um cavalo muito, muito velho. Apresentaram o caso para ele e perguntaram se a gratidão deveria refutar a morte.

– Não vejo motivo – respondeu o cavalo. – Faz quinze anos que trabalho como um escravo para o meu mestre, até ficar esgotado, e esta manhã o ouvi dizendo: "Roger", esse é o meu nome, "não é mais útil para mim. Vou mandá-lo para o abatedor e pegar algumas dezenas de centavos por sua pele e seus cascos". Isso parece gratidão para vocês?

Portanto, o voto do cavalo foi a favor da serpente. Eles esperaram, até que, por fim, um velho cão de caça passou mancando sobre três patas, meio cego e quase banguela. Então, apresentaram o caso para ele.

– Olhem para mim! – disse o cão. – Sou escravizado pelo meu mestre faz dez anos e, hoje mesmo, ele me expulsou de casa porque não sou mais útil, ainda me deu de má vontade alguns ossos para roer. Então, pelo que posso ver, ninguém demonstra gratidão não.

– Bem – disse a serpente –, parece que tenho dois votos. Para que esperar pelo terceiro? Com certeza, vai ser a meu favor e, mesmo que não seja, são dois contra um. Venha aqui para que eu possa devorá-lo.

– Não, nem pensar! – disse o homem. – Trato é trato. Talvez o terceiro juiz consiga convencer os outros dois, e minha vida seja salva.

Eles esperaram e esperaram, até que uma raposa veio trotando; então a pararam e explicaram os dois lados do caso. Ela se sentou, coçou a orelha esquerda com a pata traseira e, depois de um tempo, acenou para que o homem se aproximasse dela.

– O que vai me dar se eu livrar você dessa enrascada? – perguntou a raposa, sussurrando.

– Um par de galinhas gordas – sussurrou o homem de volta.

– Bem – disse a raposa a todos eles –, se vou decidir este caso, preciso entender claramente a situação. Vamos ver! Se compreendi bem, o homem estava deitado sob a pedra e a serpente...

– Não, não – gritaram o cavalo, o cão e a serpente. – Foi justamente o contrário.

– Ah, sim, entendi! A pedra estava rolando e o homem se sentou nela, então...

– Nossa, como você é burra! – todos gritaram. – Não foi nada disso.

– Meu Deus, vocês estão certos! Sou muito burra, mas preciso que me expliquem o caso com todos os detalhes.

– Vou mostrar para você – disse a serpente, impaciente de tanta fome.

Ela se contorceu para debaixo da pedra e balançou a cauda até que a pedra finalmente se assentou sobre ela e, dessa forma, a serpente ficou presa ali de novo.

– Foi exatamente assim – concluiu ela.

– E assim será – falou a raposa.

Ao pegar no braço do homem, ela saiu andando, seguida pelo cavalo e pelo cão.

CONTOS DE FADAS EUROPEUS

– E agora, minhas galinhas – pediu a raposa ao homem.

– Vou buscá-las para você.

O homem foi para casa, que era ali perto, e contou tudo para a mulher.

– Mas para que desperdiçar duas galinhas com uma velha raposa maliciosa! Sei bem o que fazer – disse a mulher.

Então, ela foi até o quintal, pegou o cão e o colocou em um saco de farinha, depois o entregou ao marido, que o entregou à raposa, que trotou com o saco até sua toca.

Mas, quando a raposa abriu o saco, o cão saltou sobre ela e a devorou inteirinha.

Isso parece gratidão para você?

João, o Fiel

Era uma vez um rei que estava solteiro havia muito tempo. Um dia, andando pelo palácio, ele chegou a um cômodo onde nunca estivera antes. Então, mandou buscar a chave, entrou e, bem em frente à porta, havia o retrato de uma princesa muito bonita, com pele branca como neve, bochechas vermelhas como sangue e cabelos negros como ébano. Assim que viu o retrato, o rei se apaixonou e perguntou quem era aquela princesa.

– Essa é a princesa da Horda de Ouro, reino contra o qual Vossa Majestade está em guerra há muitos anos – disse o camareiro. – Há apenas três anos, quando o pai de Vossa Majestade ainda estava vivo, falava-se de paz e do matrimônio entre o senhor e ela, por isso o retrato dela foi enviado para cá. Mas os dois reinos continuam em guerra, e não parece que um dia haverá paz.

Embora não tivesse esperança de se casar com a princesa da Horda de Ouro, o rei não conseguia parar de pensar nela, pensava tanto nela que acabou sucumbindo e ficando doente de amor. Mas ele tinha um servo fiel, filho de sua própria ama, portanto, seu irmão adotivo, tão devoto ao rei que todos o chamavam de João, o Fiel.

Ao ver o rei definhando, João foi até ele e perguntou:

– O que te afliges, oh Majestade?

Somente João tinha o direito de se dirigir ao rei por "tu", um tratamento que demonstrava muita familiaridade.

– Vem comigo e verás, João – respondeu o rei.

O rei levou João até aquela câmara trancada, mostrou-lhe o retrato e disse-lhe o que sentia pela princesa da Horda de Ouro.

– Anima-te – disse João, o Fiel. – Vou buscá-la e logo ela estará junto de ti.

– Como farás isso? – perguntou o rei. – Estamos em guerra com a Horda de Ouro, e nunca a deixariam se casar comigo.

– Eu cuidarei disso. Preciso de um navio cheio de mercadorias e com um conjunto completo de móveis feitos em ouro, então, verás se eu não trago a princesa até aqui.

O rei providenciou tudo o que seu fiel servo pediu, e João zarpou com o navio e a mercadoria rumo ao reino da Horda de Ouro. Ao atracar no porto principal, ele não declarou de qual país vinha, apenas enviou uma bela cadeira toda feita em ouro como tributo ao rei da Horda de Ouro.

Ao recebê-la, o rei ficou interessado no comerciante e nas mercadorias e foi até o barco com a rainha e a princesa para ver tais raridades. Quando viu os móveis, todos feitos em ouro, perguntou a João, o Fiel, qual era o preço do conjunto.

João disse que a mobília não estava à venda, que oferecia as peças em tributo aos reis cujos reinos vinha visitando.

Mas a princesa ficou tão encantada por uma penteadeira feita em ouro, com espelhos de cristal e belos acessórios, que perguntou a João se ele não poderia vendê-la.

– Não, ela está reservada para um propósito especial, que não tenho permissão para revelar – respondeu ele.

Aquilo despertou a curiosidade da princesa e, mais tarde, ao anoitecer, ela voltou ao porto, acompanhada de apenas uma criada, para tentar persuadir João a deixá-la ficar com a penteadeira.

Quando a princesa subiu a bordo, João foi até o capitão e lhe ordenou que zarpasse assim que ela descesse à cabine. Lá, na cabine, ele começou a contar para ela uma longa história, de que seu senhor, o rei, tinha o enviado para visitar todos os reinos da terra e que aquela penteadeira estava destinada à mais bela princesa que encontrasse durante a viagem.

Então, ela quis saber se ele teria de concluir a viagem antes de ofertar a penteadeira à princesa escolhida e como saberia escolher a favorita do rei.

João lhe disse que tudo fora confiado a ele e que, ao encontrar uma princesa com a pele branca como neve, as bochechas vermelhas como sangue e os cabelos negros como ébano, deveria presenteá-la com a penteadeira.

– Não tenho a pele branca como neve, as bochechas vermelhas como sangue e os cabelos negros como ébano? Então, me dê a penteadeira! – pediu a princesa depois de se olhar no espelho.

Mas, naquele momento, ela sentiu o balanço do navio e, ao perceber que estava navegando para longe, começou a gritar e chorar. João lhe contou tudo o que tinha acontecido, que fora à Horda de Ouro apenas para buscá-la, pois o rei estava morrendo de amores por ela e não podia ir até lá pessoalmente, pois os dois reinos estavam em guerra. Por fim, a princesa ficou contente, e eles continuaram navegando em direção ao reino de João, o Fiel.

Enquanto se aproximavam da terra firme, João estava sentado na proa, a princesa reclinada em um sofá no convés, e três corvos voavam e grasnavam ao redor do mastro da embarcação. Como era filho de caçador, João conhecia a língua dos pássaros e entendeu o que eles diziam.

– *Crás-crás*! – grasnou o primeiro corvo. – Lá está a Princesa da Horda de Ouro, pensando que vai se casar com o rei, senhor de João, o Fiel. Mas sei de uma coisa que vai impedir o matrimônio.

– O quê? – perguntou o segundo corvo.

– Ora – respondeu o primeiro corvo –, quando a princesa desembarcar e o rei for ao seu encontro, vão lhe trazer um cavalo baio enfeitado com

CONTOS DE FADAS EUROPEUS

adornos luxuosos e com um selim para a princesa. Se o rei a levar consigo na garupa, o cavalo vai desembestar e estraçalhar os dois. *Crás-crás!*

– Mas não há jeito de evitar isso? – perguntou o terceiro corvo.

– Só se alguém degolar o cavalo ou contar tudo ao rei, mas coitado daquele que fizer isso, pois, assim que tal homem revelar a verdade ao rei, será transformado em mármore dos pés até os joelhos. *Crás-crás!*

– Mesmo que se safe dessa, o rei jamais se casaria com a princesa, pois no banquete nupcial, o vinho lhe será servido em um cálice de vidro e, ao tomar o primeiro gole, ele cairá morto. *Crás-crás!* – grasnou o segundo corvo.

– Mas não há nada que possa evitar isso? – perguntou o primeiro corvo.

– Só se alguém arrancar o cálice da mão do rei ou alertá-lo sobre o perigo. Mas se tal homem revelar a verdade, será transformado em mármore até a cintura. *Crás-crás!*

– *Crás-crás!* – grasnou o terceiro corvo. – Ainda há outra ameaça. Na noite de núpcias, um dragão terrível entrará no aposento nupcial e matará o rei e a princesa. Não há como evitar isso, a menos que alguém afugente o dragão ou revele o perigo. Mas, se tal homem se manifestar, será transformado em mármore dos pés à cabeça. *Crás-crás!*

Ao ouvir aquilo tudo, João, o Fiel, decidiu que salvaria seu irmão, o rei, sem alertá-lo sobre os perigos que o ameaçavam. Quando chegaram à costa, ele fez soar três vezes a trombeta, sinal combinado com o rei de que conseguira trazer a princesa da Horda de Ouro.

O rei, com toda pompa e cerimônia, apressou-se até ao navio, recebeu com alegria a princesa e agradeceu a João, o Fiel, pela lealdade.

Na hora de conduzir a princesa até o palácio, trouxeram ao rei um nobre cavalo baio enfeitado com adornos luxuosos e com um selim atrás da sela para a princesa. Quando o rei estendeu a mão para ela e estava prestes a montar, João, o Fiel, desembainhou a espada e cortou a cabeça do cavalo.

113

–Traição, traição! – gritaram os cortesãos. – João, o Fiel, desembainhou a espada na presença do rei.

– Tudo o que João, o Fiel, faz está feito para mim. Tragam uma carruagem para voltarmos ao palácio – disse o rei.

Então, o rei, a princesa e João, o Fiel, foram ao palácio, e os preparativos para um grande casamento foi arranjado. No dia do casamento, houve um enorme banquete e, logo no início, um cálice de vinho foi servido ao rei, mas, quando ele estava levando o cálice à boca, João, o Fiel, posicionado bem atrás do trono real, avançou e estilhaçou o cálice no chão.

– Traição, traição! – gritaram os cortesãos. – João, o Fiel, está louco!

– Não, não, tudo o que João, o Fiel, faz é para o nosso bem – disse o rei. – Por qual razão fizeste isso, João?

– Não posso revelar – respondeu João.

– Bem, sem dúvida, tiveste teus motivos. Que prossiga o banquete.

Na noite do casamento, João, o Fiel, posicionou-se com a espada desembainhada diante do aposento nupcial e ali ficou de vigia. Próximo da meia-noite, ouviu um farfalhar vindo do quarto e, ao entrar correndo, deparou-se com um dragão alado atravessando a janela e avançando na direção do rei e da princesa. João disparou para cima dele e o feriu com a espada, e o dragão voou janela afora, deixando sangue pelo caminho.

Mas o rei e a rainha acordaram com o barulho que João fizera e o viram diante deles com a espada em punho, pingando sangue. Como não o reconheceu a princípio, o rei chamou os guardas, que entraram rapidamente e prenderam João, o Fiel.

Ao ver que era João, o rei lhe perguntou se ele tinha uma explicação para aquela conduta.

– Não posso revelar – respondeu João.

– Isso é mais do que posso tolerar. Talvez o amor tenha virado tua cabeça – disse o rei, depois se voltou para o capitão da guarda. – Que ele seja executado pela manhã em nossa presença – ordenou ele.

Contos de fadas europeus

Ao amanhecer, quando tudo estava pronto para a execução, João deu um passo à frente.

– Se é do desejo de Vossa Majestade, explicarei minha conduta – disse ele.

– Que assim seja! – concordou o rei. – Confio que provarás que és realmente João, o Fiel.

Então, João, o Fiel, contou ao rei, à rainha e aos cortesãos tudo o que havia acontecido, o que tinha ouvido dos corvos e que tinha salvo a vida do rei e da rainha ao ferir o dragão na noite anterior. Mas, quando contou por que matou o cavalo, suas pernas se transformaram em mármore até os joelhos. Ao explicar a razão de ter arrancado o cálice de vinho envenenado das mãos do rei, o mármore subiu até a cintura. E, quando contou que tinha afugentado um dragão do aposento nupcial, seu corpo inteiro se transformou em mármore dos pés à cabeça.

O rei teve a prova de que João, o Fiel, era um servo leal e ordenou aos homens que colocassem a estátua de mármore em um suporte de ouro com a inscrição: Este é João, o Fiel, que deu a vida por seu rei. Sempre que os soldados e cortesãos passavam diante dela, batiam continência.

Depois de um tempo, a rainha concebeu gêmeos, dois meninos, que amava mais do que tudo no mundo. Eles cresceram e aprenderam a falar. Toda vez que estavam diante da estátua de João, o Fiel, levantavam as mãozinhas e batiam continência, pois a mãe, a rainha, havia lhes contado tudo o que João fizera por ela e pelo rei.

Mas, uma certa noite, a rainha sonhou que uma voz vinha dos céus e lhe dizia: "João, o Fiel, pode voltar à vida se os dois príncipes forem sacrificados em sua honra e sua estátua for manchada com o sangue deles".

A rainha contou ao rei, e eles ficaram apavorados com aquilo, mas acharam que não passava de um sonho. No entanto, ela teve o mesmo sonho duas outras vezes, nas duas noites seguintes.

– João, o Fiel, deu a vida por nós. Sinto que devemos dar a vida de nossos filhos por ele – disse ela ao marido, o rei.

O rei, por fim, concordou com aquele terrível sacrifício, e a cabeça dos dois príncipes foram cortadas e, assim que a estátua foi lambuzada com o sangue deles, João, o Fiel, voltou à vida.

Mas, ao saber como fora trazido de volta à vida, João pediu que os corpos dos príncipes fossem levados ao seu quarto e, depois de ir até o aposento nupcial e raspar um pouco do sangue do dragão que havia escorrido no chão, ele voltou para o quarto e fechou a porta.

Pouco depois, o rei e a rainha ouviram as vozes dos filhos clamando por eles e, quando a porta se abriu, eles estavam vivos de novo.

Assim, o rei, a rainha e os príncipes viveram juntos em alegria, com o leal servo João, o Fiel.

João e Maria

Era uma vez um fazendeiro muito pobre que tinha dois filhos chamados João e Maria. A situação piorava cada vez mais para o fazendeiro, até que mal conseguia ganhar o suficiente para comer e beber. Toda a colheita serviu apenas para pagar aluguel e impostos. Então, uma noite, ele disse à mulher:

– Betty, minha querida, não sei mais o que fazer. Não temos quase nada aqui em casa para comer e vamos morrer de fome em poucos dias. Estou pensando em levar o menino e a menina para a floresta e deixar os pobrezinhos lá. Se alguém os encontrar, com certeza vai manter os dois vivos e, se ninguém os encontrar, talvez morram, mas eles morreriam aqui também. Não consigo pensar em outra solução. É a vida deles ou a nossa. E se morrermos, o que será deles?

– Não, não, marido! – disse a mulher do fazendeiro. – Espere apenas mais alguns dias e talvez alguma coisa mude.

– Só fazemos esperar, e tudo só piora a cada dia. Se esperarmos mais, logo estaremos todos mortos. Não, já me decidi. Amanhã as crianças vão para a floresta.

Mas acontece que João estava acordado no cômodo ao lado e ouviu a conversa entre o pai e a mãe. Ele não disse nada, só ficou preocupado e pensativo, então, na manhã seguinte, saiu e pegou um monte de pedrinhas coloridas e as guardou no bolso. Depois do café da manhã, que consistia em pão e água, o fazendeiro disse a João e Maria:

– Venham, meus filhos, vou levá-los para passear.

O fazendeiro foi com eles para a floresta mais próxima, e João não disse nada, apenas deixava cair uma das pedrinhas a cada nova curva da estrada, assim, reconheceria o caminho de volta.

– Meus queridos, preciso procurar comida. Não saiam daqui. Volto logo. Deem um beijo no papai, crianças – disse o fazendeiro, quando já estavam bem embrenhados na floresta.

O pai se foi, apressado, e voltou por outro caminho. Um tempo depois, Maria começou a chorar.

– Cadê o papai? Cadê o papai? Não conseguimos voltar para casa sozinhos. Não conseguimos voltar sozinhos – choramingou Maria.

– Não se preocupe, Maria! Sei como voltar para casa. Só tem que me seguir – disse João.

Então, João procurou as pedrinhas que tinha deixado cair e encontrou uma em cada curva que tinham feito no caminho até lá, assim, pouco depois do meio-dia, chegaram em casa e logo pediram o que comer para a mãe.

– Não temos nada em casa, crianças, mas vocês podem ir até o poço buscar água e, se Deus quiser, vamos ter pão pela manhã.

Quando voltou para casa, o fazendeiro ficou surpreso ao ver que as crianças tinham encontrado o caminho de volta e não conseguia imaginar como tinham feito aquilo.

– Betty, minha querida, não sei como voltaram para casa, mas isso não importa. Não suporto ver as crianças morrendo de fome sem poder fazer nada. É melhor que morram de fome na floresta. Amanhã, vou levar os dois para lá de novo – disse o fazendeiro à mulher antes de dormirem.

CONTOS DE FADAS EUROPEUS

João ouviu toda a conversa, desceu as escadas e colocou mais algumas pedrinhas no bolso. Embora o fazendeiro tivesse os levado bem mais para dentro da floresta aquela segunda vez, aconteceu a mesma coisa que no dia anterior. Mas, então, Maria disse à mãe e ao pai:

– João inventou uma nova brincadeira. Toda vez que virávamos em uma estrada diferente, ele deixava cair uma pedrinha. Isso não é estranho? Na volta, ele procurava as pedrinhas e lá estavam elas, no mesmo lugar.

Assim, o fazendeiro entendeu como João tinha conseguido voltar da floresta e, ao anoitecer, trancou todas as portas para que o menino não pudesse sair e pegar mais pedrinhas. De manhã, como no dia anterior, deu às crianças um naco de pão para o café da manhã e disse que os levaria até aquela linda floresta de novo. Maria comeu o pão dela, mas João enfiou o dele no bolso e, conforme adentravam na floresta e faziam uma curva, ele deixava cair algumas migalhas no chão. Quando o pai os deixou, João tentou descobrir o caminho de volta através das migalhas. Mas, coitadinhos, que desgraça! Os passarinhos tinham visto as migalhas e as comeram e, quando João foi procurá-las, todas tinham desaparecido.

Então, os dois vagaram e vagaram pela floresta, cada vez mais famintos, até que chegaram a uma clareira onde havia uma casinha engraçada. E do que você acha que a casa era feita? A porta era de caramelo, as janelas, de guloseimas, os tijolos eram barras de chocolate, as colunas, de pirulitos e o telhado, de biscoito.

Assim que as crianças viram aquela casinha engraçada, correram até lá e começaram a pegar pedaços da porta, tirar tijolos da parede e, depois de subir nas costas de Maria, João ainda arrancou um pedaço do telhado. De que o telhado era feito mesmo? Enquanto comiam tudo aquilo, a porta se abriu e uma velhinha de olhos vermelhos saiu da casa.

– Seus pestinhas, estão destruindo minha casa assim. Por que não bateram à porta e pediram antes de pegar? Eu ficaria feliz em dar alguma coisa para vocês comerem – disse a velha.

119

– Por favor, senhora – disse João –, eu imploro ajuda! Estou com muita, mas muita fome, senão nunca estragaria seu lindo telhado.

– Venham para dentro – chamou a velha, deixando que entrassem na sala.

Tudo ali era inteirinho feito de doces, as cadeiras e a mesa eram de açúcar e o sofá era de coco. Mas, assim que colocou os irmãos para dentro, a velha agarrou João, arrastou-o pela cozinha, jogou-o em um quartinho escuro e deixou-o lá com a porta trancada.

Acontece que aquela velha era uma bruxa que cuidava de criancinhas até que estivessem bem gordas, depois as comia.

– Você será minha serva e fará todo o serviço da casa para mim. Quanto àquele seu irmão, dará uma bela refeição depois de engordar – disse a bruxa à Maria.

A bruxa deteve João e Maria com ela, obrigava Maria a fazer todo o trabalho da casa e ia ao quartinho onde mantinha João preso todas as manhãs e dava-lhe um bom café; mais tarde, durante o dia, dava-lhe um bom almoço e à noite, uma boa ceia.

– Mostre-me o dedo indicador – dizia ela sempre depois da ceia e, quando ele lhe mostrava o dedo através da janelinha da porta, a velha bruxa, quase cega, examinava-o com as próprias mãos. – Ainda não está muito gordo – reclamava ela.

Depois de um tempo, João achou que de fato estava ficando gordo e teve medo de ser devorado pela bruxa. Então, procurou até encontrar um graveto do tamanho do dedo indicador, e sempre que a velha bruxa pedia para ver seu dedo, ele lhe mostrava o graveto através da janelinha.

– Santo Deus, esse menino está magro como um palito! Preciso dar mais comida para ele – dizia a velha.

Então, ela deu mais e mais comida para o menino, que lhe mostrava o graveto diariamente, até que um dia João se descuidou e, quando a bruxa encostou no graveto, ele caiu no chão e ela percebeu que havia sido enganada.

– Maria, Maria, aqueça o forno. Este menino já está bem gordo. Já dá para fazer uma ceia de Natal com ele – gritou a bruxa, enfurecida.

A pobre Maria não sabia o que fazer, mas tinha de obedecer à bruxa. Então, empilhou a lenha embaixo do forno e a acendeu.

– Maria, Maria, o forno já está quente? – perguntou a velha bruxa depois de um tempo.

– Não sei, minha senhora – respondeu Maria.

Quando a bruxa perguntou de novo se o forno estava bem quente, Maria respondeu:

– Não sei qual é a temperatura certa para isso.

– Saia daí, saia!! – disse a velha bruxa, afastando a menina. – Eu sei, deixe que eu vejo isso.

A velha bruxa enfiou a cabeça no forno, e Maria a empurrou para dentro, fechou a porta do forno e correu para libertar João do quartinho.

João e Maria correram em direção ao sol poente, pois sabiam que sua casa ficava por ali, mas se depararam com um riacho bem largo e profundo demais para se atravessar caminhando. Naquele exato momento, olharam para trás... e o que você acha que viram? A velha bruxa, que, de um jeito ou de outro, havia escapado do forno e estava correndo atrás deles. O que as pobres crianças deviam fazer? O quê?

De repente, Maria avistou um belo e enorme pato nadando na direção deles e gritou:

– Pato, pato, vem aqui,

João e Maria precisam de ti;

Leva João e Maria em tuas costas,

Ou os pobrezinhos serão devorados...

– *Quá-quá-quá.*

Então o pato foi até a margem, João e Maria entraram na água e, apoiando as mãos nas costas do pato, começaram a nadar para o outro lado do riacho bem na hora em que a velha bruxa chegou perto demais.

A princípio, ela tentou fazer com que o pato fosse buscá-la e a carregasse também, mas o pato balançou a cabeça.

– *Quá-quá-quá.*

Então, a bruxa se deitou na margem e começou a engolir a água, tentando secar o riacho para que pudesse atravessá-lo. Ela bebeu e bebeu e bebeu e bebeu tanta água que explodiu!

João e Maria correram de volta para casa e, ao chegarem lá, descobriram que o pai, um simples fazendeiro, tinha ganhado muito dinheiro e vinha procurando incessantemente pelos filhos na floresta, e ficou muito feliz em ver João e Maria de novo.

A jovem astuciosa

Era uma vez um fazendeiro que tinha apenas uma filha, da qual se orgulhava demais por ser muito astuciosa. Sempre que tinha qualquer dificuldade, ia até ela e perguntava o que deveria fazer. Um dia, ele se envolveu em uma briga com um dos vizinhos, e a questão foi parar no rei, que, depois de ouvir os dois lados, não sabia qual favorecer.

– Os dois parecem estar certos, e os dois parecem estar errados. Não sei quem favorecer; então, vou julgar o caso da seguinte maneira: qualquer um de vocês que responder melhor às três perguntas que farei agora, ganhará o julgamento. Qual é a coisa mais bela no mundo? Qual é a coisa mais forte? E a coisa mais rica? Agora vão para casa, pensem bem nas respostas e as tragam para mim amanhã cedo – disse o rei.

Então, o fazendeiro foi para casa e contou à filha o que tinha acontecido, e ela lhe disse o que deveria responder ao rei no dia seguinte.

Quando o caso foi levado diante do rei para julgamento, ele ordenou que o vizinho do fazendeiro respondesse primeiro.

– Qual é a coisa mais bela no mundo? – perguntou o rei.

– Minha mulher – respondeu o vizinho.

– Qual é a coisa mais forte?

– Meu boi.

– E a coisa mais rica?

– Eu mesmo.

Então, o rei se virou para o fazendeiro.

– Qual é a coisa mais bela no mundo? – perguntou ele.

– A primavera – respondeu o fazendeiro.

– Qual é a coisa mais forte?

– A terra.

– E a coisa mais rica?

– A colheita.

O rei decidiu que o fazendeiro havia respondido melhor e se pronunciou em favor dele, mas tinha percebido que ele hesitava na hora de responder, como se estivesse tentando se lembrar das coisas, então, mandou chamá-lo.

– Imagino que aquelas flechas não saíram da sua aljava. Quem lhe disse como responder de forma tão astuta? – perguntou o rei.

– Com vossa permissão, Majestade, foi minha filha, a moça mais inteligente do mundo – respondeu o fazendeiro.

– É mesmo? Eu gostaria de comprovar se isso é verdade.

Pouco tempo depois, o rei ordenou que um dos servos fosse até a filha do fazendeiro levando um bolo redondo, trinta biscoitinhos e um frango capão assado, e que lhe perguntasse se a lua estava cheia, qual dia do mês era e se o galo tinha cantado aquela noite. No caminho, o servo comeu metade do bolo, metade dos biscoitos e escondeu o capão para o jantar. Depois de entregar o que sobrou da comida e passar a mensagem do rei à jovem astuciosa, ela lhe pediu que levasse a seguinte resposta de volta ao rei: "Ainda estamos na meia-lua, hoje é o décimo quinto dia do mês e o galo já voou para o moinho, mas poupe o faisão pelo bem da perdiz".

Quando o servo entregou a mensagem ao rei, ele exclamou:

Contos de fadas europeus

– Você comeu metade do bolo, quinze biscoitos e sequer entregou o capão a ela.

Então, o servo confessou toda a verdade.

– Eu o puniria severamente, mas a jovem astuciosa me implorou para perdoar o faisão, foi como ela se referiu a você, pelo bem da perdiz, referindo-se a ela mesma. Sendo assim, pode ir sem qualquer punição – concluiu o rei.

O rei ficou tão encantado com a astúcia da moça que decidiu se casar com ela. Mas, para testá-la mais uma vez antes de fazer isso, enviou-lhe uma mensagem pedindo que fosse até ele vestida, porém sem roupa, não deveria ir caminhando, nem conduzindo uma carroça, nem cavalgando, não poderia ir sob a sombra, nem sob o sol e deveria levar um presente que não fosse um presente.

Ao receber a mensagem, a filha do fazendeiro foi até os arredores do palácio real, depois de se despir, enrolou-se nos longos cabelos e acomodou-se em uma rede que estava presa ao rabo do cavalo. Com uma das mãos, segurou uma peneira acima da cabeça para se proteger do sol e, com a outra, segurou uma travessa tampada com outra travessa.

Assim, ela foi até o rei: nem vestida nem despida, nem andando, nem cavalgando, nem conduzindo uma carroça, nem sob o sol e nem sob a sombra.

Quando a soltaram da rede e lhe deram um manto para se cobrir, a jovem entregou a travessa ao rei, que logo a destampou, e o passarinho que estava entre as duas travessas bateu asas e voou. Aquele foi o presente que não era presente.

O rei ficou tão encantado com a solução que a filha do fazendeiro encontrou para resolver o enigma que se casou com ela imediatamente e fez dela sua rainha. Os dois eram muito felizes juntos, embora não tivessem sido agraciados com filhos. O rei confiava nos conselhos dela para todos os assuntos e quase sempre a tinha sentada ao seu lado quando estava no tribunal julgando questões de direito.

Aconteceu que um dia, depois de julgar todos os casos da corte, apresentaram-se dois camponeses, cada um reivindicando um potro que tinha nascido no estábulo onde os dois guardavam suas carroças, uma com um cavalo e outra com uma égua. O rei estava tão cansado depois das alegações daquele dia que não pensou nem consultou a rainha que estava ao seu lado.

– Que o potro fique com o primeiro homem – decidiu o rei, favorecendo por acaso o dono da carroça puxada pelo cavalo.

Mas a rainha, aborrecida com a injustiça cometida pelo marido, esperou a sessão ser encerrada, foi até o outro camponês e lhe disse como convencer o rei de que ele havia tomado uma decisão precipitada. Então, no dia seguinte, o homem se sentou em um banquinho do lado de fora da janela do rei e, com uma vara, começou a pescar na estrada.

O rei, ao olhar pela janela, viu aquilo e começou a rir.

– Não vai encontrar muitos peixes em uma estrada seca – gritou o rei.

– Nem cavalos que possam parir potros – respondeu o camponês.

Então, o rei se lembrou do julgamento do dia anterior, convocou os dois camponeses à corte e decidiu que o potro deveria pertencer ao dono da égua, aquele que havia pescado em frente à janela.

– Essa flecha nunca saiu da sua aljava – disse o rei ao camponês, dono da égua, quando dispensou a corte.

Depois, ele foi até a rainha, muito enfurecido.

– Como ousa interferir nos meus julgamentos? – perguntou o rei.

– Não queria que meu amado esposo cometesse uma injustiça.

– Então, deveria ter falado comigo, não ter me envergonhado diante do meu povo. Passou dos limites! Deve voltar para a casa de seu pai, que tem tanto orgulho de você. O único agrado que posso lhe conceder é permitir que leve consigo o que mais ama deste palácio.

– O desejo de Vossa Majestade é uma ordem – disse a rainha. – Mas vamos terminar em paz, pelo menos. Gostaria de ter um último jantar como rainha em vossa companhia.

CONTOS DE FADAS EUROPEUS

Durante o jantar, a rainha colocou um pouco de poção do sono na taça do rei e, assim que ele adormeceu, ela instruiu os servos a colocá-lo na carruagem que a levaria para casa e, depois, que o carregassem para sua cama. Ao acordar na manhã seguinte, o rei perguntou:

– Onde estou? E por que você ainda está ao meu lado?

– Permitiu que eu trouxesse comigo o que eu mais amava do palácio, então, trouxe você – respondeu a rainha.

O rei reconheceu o amor que a rainha sentia por ele e a levou de volta para o palácio, e eles viveram felizes para sempre.